Carlo Lucarelli
Autostrada

PIPER ORIGINAL

Carlo Lucarelli
Autostrada

Geschichten im Schrittempo

Aus dem Italienischen
von Barbara Krohn

Piper München Zürich

Von Carlo Lucarelli liegen im Piper Verlag außerdem vor:
»Freie Hand für De Luca« (Serie Piper 5693)
»Der trübe Sommer« (Piper Original 7004)
»Der rote Sonntag« (Piper Original 7010)

Deutsche Erstausgabe
Juli 2002
© 1998 Carlo Lucarelli
Titel der italienischen Originalausgabe:
»Autosole«, RCS Libri S.p.A., Mailand 1998
© der deutschsprachigen Ausgabe:
2002 Piper Verlag GmbH, München
Gesamtherstellung: Clausen & Bosse, Leck
Printed in Germany   ISBN 3-492-27033-6

www.piper.de

Für Gaetano, der die Autobahnen kennt

Autosole
1. August

Blauer Bravo. 180 km / h. Linke Spur.

Die warme Luft, die durch die geöffneten Autofenster hereinströmt, preßt die Blätter der Preisliste gegen die Heckscheibe und streicht über die Schläfen wie ein Fön. Er wirft einen Blick auf die Uhr und denkt: *Zuerst zu Marangoni, danach Mittagspause bei Luisa, danach zu Longaretti, der hat sowieso durchgehend geöffnet.*

Dann denkt er: *Nein, Longaretti macht nachmittags zu. Also zuerst zu ihm, danach zu Marangoni, Luisa fällt heute aus.*

Dann denkt er: *Luisa.*

Er gibt Gas und greift zum Handy. *Longaretti? Tut mir schrecklich leid, mir ist was dazwischengekommen …*

Blauer 2CV und roter Fiesta. 140 km / h. Mittlere Spur und linke Spur, beide auf gleicher Höhe.

Das Radio des 2CV flippt völlig aus – man hört nur ein Rauschen, das im Reggaerhythmus durch die glühende Hitze wabert. Auch er ist in dieser Affenhitze kurz davor auszuflippen, aber dann zieht die Blondine im Auto links von ihm ihre nackten Knie hoch, stützt die Zehen am Armaturenbrett ab und wirft ihm einen Blick zu, der auf ihn eine Spur herausfordernd wirkt. Er denkt, *na los, zeig mehr,* aber dann beugt sie sich vor, betastet einen ihrer rotlackierten Zehennägel und gibt so den Blick frei auf die Tätowierung auf dem Bizeps des jungen Mannes neben ihr (Totenkopf + Dolch + Aufschrift *Natural Born Killer*) – und er geht augenblicklich vom Gas.

Silbergrauer KA, rechte Spur. 100 km / h.
   Sie gehören zu der Sorte Autofahrer, die nie überholen. Deshalb bleibt ihm gar nichts anderes übrig, als abzuwarten, bis die anderen sich in sein Schußfeld schieben. Dann drückt er ab und beobachtet, wie die Autos gegen die Leitplanke krachen, und wer dann mit brennenden Kleidern herausstürzt, den nietet er gnadenlos um. Sein Seitenfenster ist übersät von Spuckebläschen, denn seine Zunge ist sein Maschinengewehr, und als seine Mama ihm eins hinter die Ohren gibt, knallt er mit der Stirn leicht gegen die Scheibe. *Jetzt reicht's aber! Mit diesem blödsinnigen Geknatter machst du uns ganz verrückt! Obendrein bei dieser Hitze!*

Weißer Fiat Tipo, »ACI – Dein Freund und Helfer!« – der Aufkleber des Automobilclubs löst sich am Rand schon etwas von der Scheibe. Mit Vollgas im Slalom über alle drei Fahrspuren.

Er hält das Lenkrad beim Fahren ganz unten, so daß er gleichzeitig den Ellbogen gegen den Unterleib drücken kann. Mittels der Pistole in seinem Gürtel preßt er das blutgetränkte Taschentuch noch fester auf das glühende Loch in seinem Bauch. Er führt Selbstgespräche, kneift die Augen zusammen, weil ihm der Schweiß in Strömen über die Stirn rinnt.

Er sagt: *Scheiße, dieser blöde Wachmann, dabei ist es doch nicht mal seine Bank!*

Reisebus, Minibar und Fernseher als Piktogramme auf der Heckscheibe. 90 km/h. Beständig auf der rechten Spur.

Er haßt alte Leute. Das Radio dudelt unablässig Tangos, Mazurken und Walzer. Die Klimaanlage ist ausgeschaltet, weil man sich sonst verkühlen könnte. Und Typen wie der da, der genau in diesem Augenblick zwischen den Sitzreihen nach vorne wankt, pünktlich wie der Tod, kaum ist der Programmpunkt »Topfset für Kochen ohne Öl« abgehakt.

Alles im Griff, Meister? Im Krieg hab ich selber solche Monster gefahren, müssen Sie wissen.

Weißer Scania, sechs Achsen plus Anhänger, 120 km/h, immer mittlere Spur.

Rambo? Hier Macho, deckst du mich? Was hast du noch mal gesagt, wo stehen die von der Zollfahndung?

Mercedes 500, linke Spur. Mitten im Abbremsen.

Der Anwalt hebt den Kopf und hält die Blätter fest, die ihm von den Knien zu rutschen drohen.

Was gibt's, Osvaldo, ein Unfall?

Rote und gelbe Hecklichter, die im Wechsel aufleuchten, abrupt näher kommen, flackern, dann verlöschen.

Die Autobahn wird zu einer Schlange mit funkelndem Schuppenpanzer; die Schlange wächst unablässig, reckt und streckt sich, bleibt dann reglos in der grellen Sonne liegen und wartet, ihr heißer Atem rasselt im Rhythmus der laufenden Motoren.

Blauer Bravo
Linke Spur

Rote und gelbe Hecklichter, die aufleuchten, näher kommen, nach und nach verlöschen. Die Autobahn wird zu einer Schlange mit funkelndem Schuppenpanzer; sie wartet reglos in der glühenden Sonne und atmet gleichmäßig.

Er murmelt *so ein Mist* und läßt dabei das S zwischen den Schneidezähnen zischen, denn es ist noch keine Minute her, da hat er den Termin mit zwei Kunden abgesagt, um noch rechtzeitig da zu sein, und selbst das hätte er nur auf den letzten Drücker geschafft.

Denn wenn er nicht ruckzuck an seinem gewohnten Tisch hinten rechts Platz nimmt, macht Luisa das Restaurant dicht und fährt nach Hause zu ihrem Mann, und das wäre verdammt schade.

Denn natürlich ist nicht er Luisas Mann.

Schrittempo: Solange sich etwas bewegt, kann man noch hoffen. Die Autos ziehen an den Seitenfenstern vorbei, es sieht aus, als führen sie rückwärts, dann holen sie im Schneckentempo wieder auf.

Rechts: die blaue Flanke eines Reisebusses.

Links: Soeben taucht ein Herr mit Schnurrbart auf, dank seiner Klimaanlage alle Schotten dicht, der Glückliche.

Rechts: Der Reisebus fällt zurück, jetzt nähern sich die riesigen Reifen eines LKW und blasen ihm einen Schwall von warmem Gummi ins Gesicht.

Links, rechts. Schrittempo auf Asphalt, der in Flammen zu stehen scheint, noch dreihundert Meter bis zum Tunnel, nach einem Kilometer dann die Ausfahrt, und endlich zu Luisa. Solange sich etwas bewegt, kann man noch hoffen.

Ein Griff zum Handy auf dem Armaturenbrett. Die Nummer kennt er auswendig.

Hier ist der automatische Anrufbeantworter des Restaurants Piero e Luisa ... Er legt wieder auf. Als Piero noch Boxer war, nannten ihn alle Carnera della Bassa, und daher ist es alles andere als opportun, eine Nachricht für seine Frau zu hinterlassen. Da er aber schon mal dabei ist, fragt er auch gleich den eigenen Anrufbeantworter ab: Marangoni, der wegen der Nachbestellung auf ihn wartet, Longaretti, der die Rechnung fertig hat – und Luisa: *Du hast dich schon lange nicht mehr blicken lassen ... Was ist los, hast du jetzt ein anderes Revier?* Aber nicht doch, um Himmels willen, nur das nicht, er muß sie unbedingt benachrichtigen.

Rechts und links im Schrittempo. Wieder hundert Meter bis zum Tunnel geschafft. Das Hemd klebt auf der Haut. Ein Geistesblitz: Coloretti. Coloretti geht doch jeden Samstag zum Mittagessen zu Luisa. Und

Coloretti weiß auch, wie die Dinge liegen: Er war es ja, der ihm Luisa damals vorgestellt hatte, an dem Tag, als er in Pension ging und ihm sein Revier überließ. Sein Finger fliegt über die Tastatur, weil er die Nummer aus dem Gedächtnis wiederzufinden hofft, das schweißnasse Handy rutscht an seinem Ohr ab. Wieder hundert Meter bis zum Tunnel geschafft. Links ein roter Fiesta mit einer halbnackten Blondine ... *der automatische Anrufbeantworter* ... rechts das ohrenbetäubende Rumpeln der Lastwagenreifen ... *nach dem Signalton können Sie uns eine Nachricht hinterlassen, danke.*

»Coloretti? Es brennt. Wenn du diese Nachricht hörst, sag Luisa, sie soll ihren Schlappschwanz von Ehemann vergessen und am üblichen Ort auf mich warten, ich bin im Anmarsch. Danke.«

Schrittempo, da ist endlich der Tunnel. Solange sich etwas bewegt, kann man noch hoffen. Er dreht den Kopf zur Seite, will gerade der Blondine zulächeln, als sein Blick auf das Display des Handys fällt.

Die Kurzwahlnummer für den letzten Anruf: die 12.

Coloretti hat die 11.

Das darf nicht wahr sein! Er hat zum zweitenmal im Restaurant angerufen! Coloretti ... Er muß dringend Coloretti erreichen, damit der was unternimmt! Schnell, die Nummer ...

Schrittempo. Weit klaffend und heiß wie ein Hochofen verschlingt ihn der Tunnel wie ein riesiges Maul. Die Schrift auf dem Display des Handys ver-

schwindet augenblicklich unter der im gelben Neonlicht unsichtbaren Dunstglocke aus Kohlenmonoxyd.

Vor ihm, hinter ihm, rechts und links gelbe und
rote Autolichter, die erneut aufleuchten, es ist hoff-
nungslos, denn nichts bewegt sich mehr.

Weißer Fiat Tipo
(ACI – Dein Freund und Helfer!)
Linke Spur

Weit geöffnet und heiß wie ein Hochofen verschlingt der Tunnel sie alle wie ein riesiges Maul. Vor ihm, hinter ihm, rechts und links leuchten die gelben und roten Augen der Warnblinker auf, noch rollen sie im Schneckentempo, Stoßstange an Stoßstange, dann völliger Stillstand.

Er klammert sich am Lenkrad fest, als würde er gleich aus dem Sitz kippen, reißt den Mund auf, weil er kaum noch Luft bekommt, trotzdem macht er den Motor nicht aus. Keiner macht in dieser schwarzen, in gelbliches Neonlicht getauchten Röhre, die keucht und krächzt wie ein Kettenraucher, den Motor aus. Keiner macht jemals den Motor aus, wenn er im Tunnel im Stau steht, obwohl ein deutlich sichtbares Schild am Tunneleingang dazu auffordert: *Bei Stau Motor ausschalten.* Doch das zu tun wäre ein bißchen so, als würde man die Hoffnung aufgeben, daß es irgendwann wieder weitergeht, als würde man sich freiwillig auf eine lange Wartezeit einstellen, sich letzten Endes ergeben.

Außerdem macht er den Motor aus Prinzip nicht aus. Genau wegen dieses Schildes an der Tunneleinfahrt.

Im Rückspiegel und aus den Winkeln seiner schweißnassen Augen sieht er verschwommen gelbe und rote Autolichter leuchten. Seine Hände rutschen am feuchten Lenkrad ab. Der glühendheiße beißende Atem der Motoren zieht durch die heruntergekurbelten Fenster zu ihm herein und schnürt ihm die Luft ab.

Daß er jetzt in der Patsche sitzt, liegt überhaupt nur daran, daß er sich noch nie an die Regeln gehalten hat. Die Regeln haben dafür gesorgt, daß er Elektrotechniker wurde, obendrein arbeitslos, und seinen Stammplatz auf dem Mäuerchen an der Piazza hatte, von wo aus er den Mädchen nachpfeifen konnte und die Qual der Wahl hatte, ob er lieber auf der Ausbildungsbaustelle arbeiten wollte oder für Don Tano. Aber er doch nicht. Er ist keiner, der sich an die Regeln hält. Er ist keiner, der aufgibt. Und den Motor macht er schon gar nicht aus.

Weiter vorn leuchtet das eine oder andere Rücklicht noch einmal verzweifelt auf, bevor es erlischt. Einige Motoren brechen ihr Dauerknurren mit einem Stoßseufzer ab. Im Auto neben ihm fuchtelt ein Mann auf dem Fahrersitz wild herum, als wollte er das Autodach mit der Antenne seines Handys durchbohren. Ihre Blicke kreuzen sich, und der Mann starrt kurz zu ihm herüber, ganz kurz nur. Er hebt langsam den Kopf und betrachtet sich im Rückspiegel. Er ist blaß, der Schweiß auf seiner Stirn glitzert durchsichtig und hart, als wäre er aus Eis.

Keine Regeln, niemals. Keine festen Prozente, keine Mitarbeiter, nie derselbe Zeitplan oder dieselbe Stadt. Catania – Bologna, Catania – Milano, Catania – Verona, wie ein Pendler. Flugzeug, Skimütze mit Sehschlitz, Knarre, Knete, wieder ins Flugzeug und ab nach Hause, ohne jemals Scherereien zu kriegen, denn die Banken sind versichert, und die Wachleute wissen genau, daß sie Kopf und Kragen riskieren, und rühren daher in aller Regel nicht mal den kleinen Finger.

Auch hinter ihm erlöschen jetzt die Lichter, deren Widerschein sich eben noch auf dem lackierten Armaturenbrett und an den Türen gespiegelt hatte. Ein LKW stößt einen harten Seufzer aus, der sich wie eine Gewehrsalve anhört, und gibt dann nach einem letzten krampfartigen Aufbäumen auf. Er sieht hinunter auf seine Wunde, die jetzt wieder blutet, und plötzlich kommt sie ihm vor wie ein riesiges schwarzes Loch, das alles verschlingt – das blutdurchtränkte Hemd, die Pistole im Gürtel, den Ellbogen, den er gegen seinen Unterleib preßt. Herrgottnochmal, mußte denn ausgerechnet er an einen Wachmann geraten, der es seinerseits ablehnt, sich an die Regeln zu halten?

Seine Hand rutscht vom Lenkrad und klatscht schwer auf seinen Oberschenkel. Nur mit größter Anstrengung gelingt es ihm, sie noch einmal zu heben und zum Zündschlüssel zu dirigieren, aber schließlich schafft er es doch.

Er macht den Motor aus und schließt die Augen, während sich im glutheißen Tunnel zu guter Letzt Stille ausbreitet.

Silbergrauer KA
Rechte Spur

Nach einem letzten Seufzer breitet sich Stille im glutheißen Tunnel aus.

Na, endlich! sagt der Papa, *das steht doch groß und breit auf den Schildern, daß man den Motor ausmachen soll!* Und dann die Mama: *Was soll das überhaupt, wollen die uns alle mit ihren Abgasen vergiften?*

Ihn persönlich würde es nicht groß stören, an Abgasvergiftung zu sterben. Er hockt eingezwängt wie ein Astronaut auf der Rückbank, die Füße auf dem Koffer mit den Schuhen, die Hüfte eisgekühlt von der Kühlbox, und zielt mit seiner schwarzen Spielzeugpistole durch die Scheibe auf die Reihe stehender Autos. Er zuckt mit den Schultern. Ihm machen die Autoabgase nichts aus, denn er weiß, daß er sowieso bald stirbt. Ein Tag noch, der allerletzte, und dann stirbt er. Rustichini Daniele hat ihm heimlich einen Boxhieb versetzt, den sein Cousin aus der Fünften ihm beigebracht hat, und hinterher hat er noch gesagt, daß das einer von der Sorte war, nach denen man nur noch drei Tage zu leben hat. Und morgen ist der dritte Tag.

Ein Polizeiauto hält auf der Standspur. Zwei Polizisten tasten sich zwischen den Stoßstangen vorwärts wie über einen zugefrorenen Fluß. Sie haben das Blaulicht nicht ausgeschaltet, und Papas Gesicht ist bläulich fahl wie ein Gespenst, als er sagt: *Ich guck mal kurz nach, was los ist, paß auf, daß der Junge im Wagen bleibt.* Aber er ist nicht umsonst in seiner Klasse der kleinste, steckt die schwarze Spielzeugpistole in den Gürtel, schlüpft blitzschnell hinter dem Sitz durch die geöffnete Fahrertür und folgt seinem Vater. Wenn er morgen sowieso stirbt, dann ist das jetzt auch schon egal.

Die Polizisten stehen um ein weißes Auto herum. Einer von ihnen späht durch das Fenster ins Innere des Wagens, der andere hält die Schaulustigen fern. Der Papa fragt: *Was ist passiert?* und der Polizist schiebt ihn mit der Hand zurück, wie die Mama das mit ihm auch immer macht, wenn sie sich mit dem Papa zum Reden im Wohnzimmer einschließt und ihr Sohn draußen bleiben soll. Da huscht er schnell zwischen den Stoßstangen zur anderen Seite des Autos hinüber und versucht, auf Zehenspitzen etwas zu erkennen.

In dem Auto sitzt ein Mann, er ist kreidebleich, seine Augen sind geschlossen. Auch er hat eine Pistole im Gürtel, genau die gleiche, nur daß seine Pistole echt und er selbst offenbar tot ist. Versuchsweise macht der Junge die Augen zu, um zu spüren, wie das so ist als Toter, aber als er merkt, daß einer der beiden Polizisten vor ihm kauert, öffnet er sie schnell wieder.

Ist dir schlecht? Nein, er schüttelt den Kopf, gar nicht.

Hast du dich verlaufen? Nein.

Lauf zurück zu deinen Eltern, wahrscheinlich suchen sie dich schon. Er zuckt mit den Schultern, denn das spielt jetzt auch keine Rolle mehr.

Aber dann erklärt er, weshalb. Als er aus der Schule heimkam, kreidebleich vor Angst, die Hand auf die Stelle am Unterleib gepreßt, wo der andere ihn getroffen hatte, da hatte er nicht den Mut, irgendeiner Menschenseele etwas davon zu erzählen, aber jetzt tut er es, vielleicht weil der Mann Polizist ist, vielleicht weil er vor ihm kauert und dadurch genauso groß ist wie er selbst, er erzählt ihm von Rustichini Daniele und dem Boxhieb, nach dem man nur noch drei Tage zu leben hat.

Der Polizist macht ein merkwürdiges Gesicht, als müsse er sich ein Lachen verbeißen, aber er bleibt ernst. Er sagt: *Die kenn ich gut, diese Hiebe. Aber uns hat man auch beigebracht, wie man sie wieder heilen kann, für den Fall, daß wir mal von Banditen verletzt werden. Willst du, daß ich dich wieder gesund mache?* Er nickt, ja, o ja. *Eine Hand auf die verletzte Stelle, halt mal die Luft an, so, ein kurzer Stoß, okay, jetzt bist du wieder gesund. Was für ein Schurke, dieser Rustichini Daniele, schade, daß er noch minderjährig ist.*

Der Polizist richtet sich wieder auf, und klein, wie er ist, ist der Junge schon zwischen den Autos verschwunden. Der Polizist lächelt und denkt: *Meine*

Güte, so eine blühende Phantasie, dann kehrt er zu seinem Kollegen zurück.

Jetzt sieh dir diesen Dummkopf an, sagt sein Kollege, *flieht über die Autobahn und landet prompt im Stau, und den Überfall macht er doch tatsächlich mit einer Spielzeugpistole. Mit einer schwarzen Spielzeugpistole.*

Klein, wie er ist, schlängelt er sich blitzschnell zwischen den Autos hindurch, die beim Anlassen der Motoren husten und spotzen, schlüpft auf den Rücksitz und entgeht nur um Haaresbreite einer Ohrfeige seines Papas, der ihn anraunzt *jetzt aber flott, es geht weiter!*

Eingezwängt wie ein Astronaut zwischen dem Koffer mit den Schuhen und der eiskalten Kühlbox, rückt er die Pistole zurecht, die kalt und schwer in seinem Gürtel steckt, und denkt an Rustichini Daniele.

Die Blechschlange im Tunnel beginnt erneut, Kohlenmonoxyd auszustoßen, läßt ihre zig gelben Augen aufleuchten und setzt sich langsam wieder in Bewegung.

Blauer 2CV
Mittlere Spur

Die Blondine im Fiesta neben mir streicht mit dem Finger über den rotlackierten Nagel ihres großen Zehs, schmiegt dann die Wange an ihr hochgezogenes Knie und sieht wieder zu mir rüber. Das heißt, nein, sie sieht nicht zu mir rüber, sie starrt mich regelrecht an.

Wir stecken schon wer weiß wie lange auf der Autobahn fest, zuerst im Schrittempo in der prallen Sonne, dann im Tunnel im Stau, und seit diese Blechschlange sich wieder langsam in Bewegung gesetzt hat, erneut in der prallen Sonne im Schrittempo. Sie fährt auf der Überholspur, links neben mir, und jedesmal, wenn es in der Schlange weitergeht, überholen wir uns gegenseitig, aber sobald wir dann wieder auf gleicher Höhe sind, dreht sie den Kopf zur Seite und sieht zu mir rüber.

Starrt mich an.

Ein seltsamer, beharrlicher Blick. So direkt, daß er geradewegs durch mich hindurchzugehen scheint.

Ein herausfordernder Blick.

Auch ihr Freund hat zu mir rübergesehen. Sein

Blick hat mich zum Glück nur kurz gestreift, ein Seitenblick, als er sich zwischendurch vorbeugte, um seine behaarte Gorillapranke auf ihr nacktes Knie zu legen, und dabei habe ich die gigantische Tätowierung auf seinem Bizeps gesehen, in Ausmaßen, für die nicht mal mein ganzer Rücken reichen würde. Ich konnte gerade noch eben *Natural Born Killer* entziffern, unter einem Totenkopf mit einem Dolch zwischen den Zähnen, dann hat er seine Pranke wieder aufs Lenkrad gelegt, und sie hat sich wieder in meine Richtung gedreht.

Um mich weiterhin anzustarren.

Herausfordernd.

Ich muß einfach versuchen, diesen Blick zu beschreiben. Es ist ein verschleierter Blick, ein wenig von der Seite, sehr intensiv. Er perlt zwischen ihren Wimpern hervor, ohne daß sie lächelt oder zwinkert oder irgend etwas von dem tut, was normalerweise geschieht, wenn die Blicke zweier Menschen sich begegnen. Sie schickt ihn zu dir herüber, als würdest du gar nicht existieren. Und genau das macht ihren Blick so herausfordernd.

Warum sieht sie mich an, frage ich mich.

Warum sieht sie mich so an.

Ich gefalle ihr. Ihr gefallen Typen wie ich, schlank, intellektuell, ein bißchen freakig. Aber was will sie dann mit diesem Gorilla?

Sie hat es satt.

Sie hat sich getäuscht. Sie hat geglaubt, es komme ausschließlich auf den Körper an, aber so ist es nicht.

Und da tauche ich auf, ein einfühlsamer junger Mann, in dessen Herz man lesen kann, sobald man nur durch die runden Brillengläser mit dem dünnen Gestell schaut.

Ich lasse das Auto ein paar Meter zurückfallen, denn der Gorilla hat schon wieder rübergeguckt, und wenn er das mit uns beiden mitbekommt, reißt er mir das Herz aus der Brust, statt darin zu lesen, und befördert es mit einem Fußtritt über die Leitplanke. Aber kurz danach fahre ich wieder auf gleiche Höhe heran, und sie ist immer noch da und sieht mich an.

Herausfordernd.

Aber warum ausgerechnet ich, und warum ausgerechnet hier, jetzt, in dieser Autoschlange, in den heißen Ausdünstungen des Asphalts.

Weil sie verzweifelt ist. Weil sie es nicht mehr aushält. Weil dieser Gorilla sie mit seiner behaarten Pranke festhält, während sie am liebsten weglaufen und frei sein möchte, weit weg von diesem Totenschädel mit dem Dolch und der dumpfen muskulösen Art dieses Kerls. Und um das in die Tat umzusetzen, hat sie sich ausgerechnet diese Schlange aus glühendem Blech ausgesucht, die sich im Schneckentempo Meter für Meter vorwärtsschiebt.

Mich hat sie sich ausgesucht.

Wenn ich jetzt zu ihr sage »komm rüber«, wenn ich ihr nur ein winziges Zeichen mit dem Kopf gebe, dann löst sie vielleicht ihre nackten Füße vom Armaturenbrett und steigt zu mir ins Auto. Aber wenn ich das mache, reißt mir der Gorilla vielleicht den Kopf ab.

Vielleicht.
Vielleicht.

Ich fahre nicht langsamer, ich rolle wieder etwas schneller, um auf gleicher Höhe zu bleiben, und gebe ihr ein Zeichen. Sie starrt mich immer noch an, zeigt keine Reaktion. Also neige ich den Kopf aus dem Seitenfenster, räuspere mich und sage: *Hör mal*, und sie sagt: *Ja?*, aber dabei macht sie etwas Seltsames.

Sie dreht ihr Kinn ein wenig zur linken Schulter und streckt mir das Ohr entgegen.

Ja? wiederholt sie mit demselben direkten, beharrlichen Blick, der jetzt auf die Ecke des Armaturenbretts gerichtet ist.

Die dicke schwarze Brille, die sie die ganze Zeit in der Hand hielt, hatte ich gar nicht bemerkt. Den weißen Stock hatte ich überhaupt nicht gesehen.

Ja? sagt nun auch der Gorilla und sieht mich jetzt tatsächlich an, während der Totenkopf auf seinem Bizeps eine Grimasse schneidet.

Schnell frage ich, ob sie wissen, wie weit es noch bis zur Zahlstelle ist, sage *okay, sorry, ciao* und bremse ab, während er seine Gorillapranke beschützend auf ihr Knie legt und sie seine Hand zart und sanft streichelt.

Roter Fiesta
Linke Spur

Er hatte nur ein einziges Problem: seine nette Stimme.

Und das ist kein geringes Problem, wenn man aus einem zwei Meter zehn großen Vakuum voller Steroide besteht und den Brustumfang eines brahmanischen Stiers hat. Bizepsumfang einundfünfzig Zentimeter. Hals dick wie der Stamm eines Mammutbaums. Deltamuskeln prall wie Schinken. Kiefer, mit denen man Kokosnüsse knacken könnte.

Und dazu diese nette Stimme.

Mehr noch als nett: reizend. Affektiert wie die schnörkelige Unterschrift einer verliebten Dreizehnjährigen. Federleicht wie der Flügelschlag eines Kolibris. Wie ein Zephir. Wie eine Flöte. Alles eine Frage der Erbanlagen, klar, denn sein Bruder besaß die Statur einer Grille, den Brustumfang eines Laternenpfahls, aber die Stimme eines Bären.

Mit diesem Aussehen konnte er nur eines auslösen: Angst. Wie bei diesem Winzling im Auto neben ihnen, der sich eben gerade erkundigt hatte, wie weit es noch bis zur Zahlstelle sei, okay, ja, sorry, ciao. Ein

Blick, und der Typ hatte ruckzuck abgebremst und sich verschlucken lassen von dieser endlosen Schlange, die die Autobahn verstopfte und im Schrittempo dahinkroch, während die Sonne so heiß vom Himmel brannte, daß man auf der Motorhaube gut und gerne Spiegeleier hätte braten können.

Wenn dieser Typ geahnt hätte, daß ihm jeglicher Gewaltinstinkt fehlte. Jeglicher Impuls zur Zerstörung. Jegliche Form von Wut. Ein einziges Mal in seinem ganzen Leben war er außer sich gewesen (er war achtzehn, und irgendwer hatte ein Abführmittel in seine Geburtstagstorte getan, das ausgerechnet in dem Moment zu wirken begann, als es ihm endlich gelang, das Mädchen anzusprechen, in das er seit vier Jahren unsterblich verliebt war, ohne daß er bisher den Mut gefunden hatte, sich ihr zu nähern, erst an jenem Tag, denn die Schulzeit war nun vorbei, da hieß es: jetzt oder nie), ein einziges Mal hatte er gespürt, wie ihm das Blut in den Kopf schoß, und er hatte die Fäuste geballt, bis die Knöchel weiß wurden – und dieses einzige Mal war er ohnmächtig geworden.

Aber das war nicht das eigentliche Problem. Er hatte es nie nötig gehabt, auch nur den kleinen Finger zu rühren, obwohl er den einzigen Beruf ausübte, für den er geeignet war: Rausschmeißer. Er brauchte nur den Bizeps anzuspannen, und die Aufschrift *Natural Born Killer,* die er sich auf den Oberarm hatte tätowieren lassen, wurde groß wie eine Kinoreklame, so daß sich sogar der hysterischste, ätzendste, hypernervöseste, gewalttätigste, blutrünstigste Skinhead auf der Stelle in einen Hare-Krischna-Jünger verwandelte.

Das Problem war und blieb seine Stimme, diese nette Stimme, die er haßte. Er versuchte sie hinter dem abgebrühten Knurren eines Kettenrauchers zu verbergen, aber sie kam immer wieder durch. Er unterdrückte sie, schob sie ganz tief in die Kehle hinunter, aber immer wieder kehrte sie mit diesem prikkelnden, falschen Ton zurück an die Oberfläche, irgendwo in der Mitte zwischen Linda Blair aus »Der Exorzist« und Ugo Tognazzi in der Rolle des Transvestiten.

Trotz seiner körperlichen Ausstattung lief bei den Mädchen nichts. Denn abgesehen davon, daß er schüchtern war wie das Kaninchen in »Bambi«, ließen sie ihn schlichtweg stehen, sobald er auch nur den Mund aufmachte.

Sie aber war die Ausnahme.

U2-Konzert, Ordnerdienst, vorn an der Kasse. Sie fragt ihn irgendwas, und er brüllt zurück. Sie sagt: *Was für eine schöne Stimme*, und er: *Geh doch zum Teufel*, sie versteht aber nur: *Geh durch*, denn die Musik ist viel zu laut, sie nimmt ihre dunkle Brille ab und sagt: *Das kann ich nicht, ich bin blind.*

Von dem Augenblick an verändert sich schlagartig sein Leben. Die anderen Mädchen haben immer erst auf seine Statur reagiert und dann auf seine Stimme, sie dagegen hört ihm einfach nur zu, das ist alles, denn sehen kann sie ihn ja nicht. Ein paar Wochen später sind sie ein Paar. Es passiert bei einem Konzert der R.E. M. Er ist immer noch schrecklich schüchtern und würde sich nicht einmal trauen, sie auch nur flüchtig zu berühren, aber wieder stehen sie an der Kasse, sie ist müde und sagt: *Am liebsten möchte ich gehen,* er versteht: *Liebster, könnte ich dich nur sehen,* er sagt: *Ich liebe dich auch,* und nimmt sie in die Arme.

Jetzt löst er seine schwitzende Hand vom Lenkrad des roten Fiesta, wischt sie am Sitzbezug ab und streichelt ihr dann zärtlich über das Knie, wobei er ungewollt den Bizeps anspannt. Einen Moment lang sieht es so aus, als würde der Totenkopf mit dem Dolch den Mund verziehen.

Du bist meine kleine Karotte, sagt er mit seiner netten Stimme, und sie: *Und du bist mein kleiner Hase.*

Weißer Scania
Mittlere Spur

*Rambo? Hier ist El Diablo, deckst du mich? Leg mal
'n Zahn zu, Rambo ...*

Auf der Heckklappe des TIR das Abziehbild mit
dem Typen, der den Mittelfinger zeigt und sagt *Hey,
ich bin Italiener!* und weiter unten, teils schon ohne
Kleber, die Buchstaben des Codewortes für den CB-
Funk: MACHO. An den Seitenfenstern der Fahrerkabine lebensgroße Poster von Moana Pozzi und
Selen. Auf dem Armaturenbrett, an der Windschutzscheibe befestigt, in einem Rahmen aus weißen, roten
und grünen Lämpchen: eine weiße, bunt angeleuch-
tete Statue der Madonna mit dem durchbohrten
Herzen.

*El Diablo? Hier ist Rambo ... Ich stecke im Stau,
einen Kilometer vor dem Autogrill, hinter mir steht
Macho, selbst auf die Entfernung wirkt er fuchsteufelswild ...*

In der Fahrerkabine läuft die Klimaanlage, die
Sitzbezüge sehen aus wie Perlenvorhänge in einer
Pizzeria. Idealtemperatur von siebzehn Grad, im
Sommer wie im Winter, aber er trägt trotzdem Lat-

schen, kurze Hosen und ein geripptes Unterhemd, aus Gewohnheit und weil er auch im Winter nichts anderes anziehen würde. Kippe im Mundwinkel, zwischen Glut und Filter nur noch eine Haaresbreite, Asche auf den Brusthaaren. Der linke Arm braungebrannt, der rechte weiß, der linke hängt immer aus dem Fenster, der rechte bleibt drinnen. In allen nur vorstellbaren Temperaturschwankungen die Strecke Barletta – Amsterdam, Amsterdam – Barletta, quasi ohne Zwischenstop.

Hör mal, El Diablo ... An deiner Stelle würde ich direkt den Autogrill ansteuern. Weißt du noch, was Macho mit dem Kerl gemacht hat, der ihm auf dem Klo zugeguckt hat? Und ausgerechnet ihm spielst du so einen Streich?

In der Ablage neben dem Schalthebel, zusammengerollt unter den Lieferscheinen: Supersex, Le Ore, Lando und Il Tromba. In den Fächern in der Autotür Kassetten von Fausto Papetti mit Titten auf der Hülle. Unter dem Sitz eine silberne Sandale im Siebziger-Jahre-Look mit langen Riemchen; bei jedem Meter, den der LKW unter gebieterischem Schnauben auf der Autobahn zurücklegt, rutscht sie vor und dann wieder zurück.

Was hab ich denn gemacht? Ich hab ihm doch nur 'n kleinen Tip für 'ne schnelle Nummer gegeben ... Seit Jahren fährt er immer genau da auf die Umgehungsstraße, und ich dachte echt, der weiß, daß die Luana ein Transvestit ist! Mann, da hab ich doch selbst 'n Schock gekriegt, als ich gesehen hab, daß der

Typ tatsächlich anhält. Der bringt mich um, wenn er mich in die Finger kriegt ...

Etwas rührt sich in der Schlafkabine hinter dem Fahrersitz, ein wohliges Seufzen von jemandem, der aufwacht. Er steckt das CB-Mikrophon, das nun aufhört zu knacken, zurück in die Halterung, streckt die Hand nach hinten und streichelt ihre Wange.

Er denkt an den Autogrill, nur noch ein paar Meter, an den Lieferwagen, der schon mit geöffneter Heckklappe wartet, um ruckzuck die übliche Anzahl unverzollter Kisten verschwinden zu lassen.

Er denkt, noch ein paar Touren wie diese, dann kann er der Luana endlich die Elektroepilation bezahlen, und dann muß er unter den Fingern nicht mehr das rauhe Kratzen der Bartstoppeln spüren.

Autogrill (1)

Sein Gesicht ist das eines Mannes, der so viel Glück hat, daß er nicht einmal mehr zu träumen braucht. Und deshalb lächelt der Anwalt auch so gewinnend, als die Zigeunerin mit den vergoldeten Ohrringen zu ihm sagt, er habe den bösen Blick und nur sie allein könne ihn davon befreien. Er betritt das Toiletten-häuschen auf dem Rastplatz des Autogrills und hat dabei immer noch dieses Lächeln im Gesicht, dieses wunderschöne Lächeln, das perfekt auf den dunklen Anzug abgestimmt ist, den er trotz der Hitze trägt, die Krawatte mit dem Wappen, deren Knoten er trotz der Schwüle nicht lockert, die Haare, denen man nicht ansieht, daß er schwitzt. Er lächelt, als er den Reißverschluß seiner Hose hochzieht und die Fotozelle der Toilette exakt in diesem Moment die Wasserspülung auslöst. Und er lächelt auch dann noch, als er sich umdreht und die Kerle sieht.

Sie sind zu zweit, und sie machen den Eindruck, als könnten sie sich nicht einmal vorstellen, was Träume sind. Der erste trägt einen gestreiften Pullover, und eins seiner Augen ist heller als das andere, fast weiß. Der andere hat einen abgebrochenen Zahn im Mund

und ein Messer in der Hand. Sie stehen zwischen ihm und der Ausgangstür, außer ihnen ist keine Menschenseele in der Nähe, obwohl die unzähligen Autos, die vorhin die Autobahn verstopft haben, jetzt den Autogrill mit Menschen überschwemmen. Aber diese Toilette liegt ein wenig abseits, und den Bruchteil einer Sekunde lang durchzuckt ihn der Gedanke, daß die Zigeunerin vielleicht doch recht hatte mit ihrem Spruch vom bösen Blick. Aber dieser Moment ist schnell vorbei, ohne sein Lächeln im geringsten getrübt zu haben. Er sagt: *Denken wir doch mal logisch. Ein bewaffneter Raubüberfall ist keine geringe Investition, und zwar in bezug auf das Risiko und, wenn man so will, auch in bezug auf die Kosten. Wie kommt ihr auf die Idee, daß sich das lohnt?*

Abgebrochener Zahn sagt: *Laß das mal unsere Sorge sein*, während Streifenpullover auf den Mercedes 500 zeigt, der hinter dem Rücken der beiden im Schatten parkt.

Er sagt: *Denken wir doch mal logisch. Zugegeben, der Mercedes läßt darauf schließen, daß ich ein reicher Mann bin. Aber auch ihr werdet vermutlich die Autoschlange bemerkt haben, die aus diesem kleinen Autogrill eine Insel in einem Meer von Autos macht, kompakt wie eine Mauer aus Blech. Darf ich fragen, wie ihr überhaupt zu fliehen gedenkt, wenn der Raubüberfall vorbei ist?* Abgebrochener Zahn sagt: *Laß das mal unsere Sorge sein*, während Streifenpullover auf die Lieferantenzufahrt des Autogrills zeigt, die nur von einem weißen Balken versperrt ist.

Er sagt: *Denken wir doch mal logisch. Gesetzt den Fall, ich schreie jetzt um Hilfe!* Abgebrochener Zahn sagt nichts und lächelt nur, während Streifenpullover sich mit dem Finger blitzschnell über die Kehle fährt.

Er sagt: *Also, denken wir doch mal logisch. Jetzt haben wir alle Elemente für eine angemessene Einschätzung der Lage beieinander, bis auf eins: meinen Leibwächter. Er lehnt mit seinem Gorillahintern am Kotflügel des Mercedes!*

Abgebrochener Zahn zuckt nicht mit der Wimper, aber Streifenpullover dreht sich um, und als er seinen Kumpel anstößt, dreht der sich ebenfalls um.

Tatsächlich steht dort ein Gorilla, die Hände verschränkt auf den Oberarmen, die gigantische Ausmaße haben. Auf dem Bizeps des einen Arms ist ein Totenkopf eintätowiert, darunter das Motto *Natural Born Killer.*

Er sagt: *Es war mir ein Vergnügen, bleiben wir doch in Kontakt,* und wartet, bis die beiden getürmt sind, bevor er selbst das Toilettenhäuschen verläßt. Und dann biegt genau im richtigen Moment, perfektes Timing wie bei der Toilettenspülung, Osvaldo um die Ecke des Autogrills, in der Hand das Wassereis mit Minzgeschmack, das zu kaufen er beauftragt war, und auch wenn der Fahrer des Anwalts klein und eher schmächtig ist, wirft er dem Gorilla einen gereizten Blick zu, und der sagt, *Tschuldigung,* löst seinen Hintern von dem Mercedes, der im Schatten steht, und kehrt zurück zu seinem Fiesta, der in der prallen Sonne parkt.

Er sagt: *Danke, Osvaldo, wir rechnen das später ab*, denn trotz seines Anzugs, seines Mercedes und seines Lächelns hat er nicht mal genug Kleingeld für ein Wassereis in der Tasche, aber das beunruhigt ihn nicht im geringsten, denn im Ausgeben von Geld, das ihm nicht gehört, ist er Meister.

Wichtig ist jetzt nur, daß der Stau sich endlich auflöst und daß es ihm gelingt, den Flughafen vor den Zollfahndern zu erreichen.

Autogrill (2)

»Bleifrei für zehntausend.«

Und sie drehen sich nach mir um. Sie sehen in meine Richtung, und als ich dem Typen an der Zapfsäule den Autoschlüssel gebe, kreuzen sich unsere Blicke für den Bruchteil einer Sekunde. Ihr Blick streift gleichgültig über mich hinweg, ohne mich wirklich zu sehen, aber ich könnte schwören, daß sie mich genau in dem Moment wahrgenommen haben, als ich *für zehntausend* sagte.

Ich mache im Geist ein Foto von der Szene.

Wir stehen Seite an Seite an der Zapfsäule der Tankstelle des Autogrills und warten darauf, uns endlich wieder in diese abartige Autoschlange einreihen zu können, die dem Verkehr den Garaus macht.

Rechts: die zwei anderen.

Ihr Auto: ein roter BMW mit offenem Verdeck, so weit offen, daß das Auto irgendwie nackt wirkt. Stampfende Technomusik aus einer Anlage mit Boxen, groß wie bei einem Megakonzert im Palatenda. Hinter der Windschutzscheibe ein Parkausweis für den Privatparkplatz irgendeines viel zu hipppppen Lokals.

Sie selbst: braungebrannt, halbnackt, haargelgestylt und wasserstoffblond der am Steuer; braungebrannt, halbnackt, haargelgestylt und schwarzgelockt der Beifahrer, der ihm das Handy reicht und sagt: *Sekunde mal, da ist die Titti, sie will dir kurz hallo sagen.*

Links: wir.

Unser Auto: ein in die Jahre gekommener Panda, Verdeck so weit wie möglich geöffnet, aber das Ganze wirkt nicht nackt, höchstens wie im Unterhemd. In der Stereoanlage eine Raubkopie vom Festival in San Remo. Hinter der Windschutzscheibe die Parkerlaubnis für die Altstadt, Zone B.

Wir: geheimratseckig, übergewichtig und bartpicklig ich am Steuer; klapperdürr, bucklig und löwenmähnig mein Freund Tonino auf dem Beifahrersitz, und er hält mir ein Rubbellos unter die Nase: *Halt, stop, ich hab schon wieder gewonnen.*

Und während ich den Zehntausender aus der Hosentasche ziehe, um ihn dem Tankwart zu geben, und der Blonde mit ein paar Hunderttausendlirescheinen wedelt, schäme ich mich – ich schäme mich für meinen Fiat Panda mit dem stotternden Motor, für meine Tankfüllung für zehntausend Lire, für die zerknüllten Rubbellose auf dem Armaturenbrett (die Sieben, die Neun und eine Figur: sechsundzwanzig, also Niete), ich schäme mich für meinen Freund Tonino und unseren gebuchten Urlaub in der Pension Sayonara, sieben Tage Vollpension, dazu die Bierchen, die wir uns auf der Strandpromenade genehmigen werden, wenn wir den Mädchen hinterherschauen, die wir doch nie anzusprechen wagen.

Und dann schäme ich mich, weil ich mich für den Panda, Tonino und die Bierchen geschämt habe.

Und dann schäme ich mich und weiß nicht mal, wofür und weswegen.

Der Typ an der Zapfsäule lehnt sich an unser Auto und fragt, ob wir eine Zigarette für ihn haben. Das ist eigentlich nicht erlaubt, aber heute ist sein letzter Tag, denn sie haben ihn rausgeschmissen, und deshalb ist es ihm schnurzpiepegal, im Gegenteil. Jetzt gibt's Urlaub, die Pension Sayonara wartet auch auf ihn. Und während er das sagt, hält er noch immer die Zapfpistole in der Hand, die er aus dem Tankstutzen des BMW mit seinem umweltfreundlichen Katalysator für bleifreies Superplus gezogen hat, und es ist die Zapfpistole für verbleites Normalbenzin.

Ich will ihn gerade darauf aufmerksam machen, daß er sich geirrt hat, daß er ihr Auto teufelnocheins mit dem falschen Benzin vollgetankt hat, aber er lächelt, und zwar in dem Moment, als der BMW einen kleinen Kombi schneidet, sich mit großkotzigem Röhren in die Autoschlange drängelt und dann zu stottern beginnt, begleitet von einem gedehnten spotzenden, erstickten Schluchzer, der sich anhört wie ein langer Furz.

Autogrill (3)

Er haßt alte Leute. Sie verlaufen sich, sie kriegen nichts mehr auf die Reihe, sie verletzen sich, man muß ihnen ständig auf den Fersen sein, nachzählen, ob alle noch da sind, sich um sie kümmern wie um Kinder. Vielleicht sogar noch schlimmer. Davon abgesehen haßt er Kinder keinen Deut weniger.

Die Klimaanlage im Autogrill ist in Betrieb, aber es ist so brechend voll, daß man das überhaupt nicht merkt. Auf der Autobahn, die schlimmer verstopft ist als die Arterien eines Achtzigjährigen, hat offenbar jeder Idiot die Idee, am Autogrill rauszufahren und abzuwarten, bis der Verkehr sich wieder normalisiert hat; daher sind die Kasse, die Espressomaschine, der Colaausschank, die Theke mit Gebäck und Panini und die Trommel mit den Losen belagert von einer Horde von Leuten, die mit ihren Kassenbons wedeln.

Die Alten aus seinem Bus aber sind fast ausnahmslos in den Toiletten verschwunden, denn von Blasenproblemen einmal abgesehen – wenn man von der Mindestrente leben muß, kann man über die Fünfundzwanzigtausend hinaus, alles inklusive samt

Picknick unterwegs, keine großen Sprünge machen. Besser so, wenigstens läuft er auf diese Weise nicht Gefahr, daß jemand wegen einer Diabetes-Krise hopsgeht.

Als er angefangen hat mit seinem Job als Busfahrer für Ausflugsfahrten von Vereinen, Schulen, Pfarreien, konnte er sich so viel Streß nicht vorstellen. Als musikalische Beschallung Mazurken und Tangos, und im Chor *Queel maaazzolin di fiooori* oder Take That mit *Lungaaa e dirittaaa correeva la straaada* oder Nec und *Laùdaato siii o mio signooore*, je nachdem, wen er gerade an Bord hatte. Alte und junge Leute, vor allem aber alte. Bevor er weiterfährt, muß er sie alle durchzählen, und da ist immer einer, der hinterhergehetzt kommt, weil er nicht rechtzeitig da war. Und dann sind da all diejenigen, die mit dem Fahrer reden wollen, damit er sich nicht so einsam fühlt. Die mit ihrem *Fahren Sie doch bitte kurz rechts ran* und ihrem *Kann man die Klimaanlage nicht abschalten* und ihrem *Können wir vielleicht mal ein Päuschen einlegen* und ihrem *Müssen Sie unbedingt so rasen, fahren Sie doch langsamer* und ihrem *Wir sind mit dem Programm im Verzug, fahren sie doch schneller* und ihrem *Sind Sie sicher, daß es der richtige Weg ist.* Und bei jeder Fahrt irgendein anderer Schlamassel.

So ist es auch diesmal, denn an der Ausgangstür vom Autogrill heult jetzt die Sirene der Diebstahlsicherung auf, und wer war es? Natürlich einer seiner Alten. Blaß, mit hängenden Schultern, zu Tode erschrocken zieht er eine Salami aus der Tasche und gibt sie zurück, bleibt dabei aber hinter der magnetischen Schranke, als hätte er Angst vor Prügel. Die Kassiererin kommt mit ihrem *die Direktion, die Carabinieri, die Vorschriften, Anzeige erstatten, keine Ausnahmen, folgen Sie mir bitte ...* Aber der Alte kämpft mit den Tränen und will den Laden um keinen Preis noch einmal betreten.

Hätte er mit seinem Bus nicht sowieso schon Verspätung und würde das Ganze nicht in einen endlosen Streit ausarten und finge die Schlange nicht ausgerechnet jetzt an, sich aufzulösen, daß alle zu ihren Autos rennen – wäre es nur wegen dieses einen Alten, dann würde er ihn glatt zurücklassen. Aber das kann er nicht bringen, deshalb vertrödelt er gut zehn Minuten damit, die Kassiererin zu beschwichtigen, und zahlt die achttausendeinhundert Lire für die Salami. Alte Leute sind wirklich noch schlimmer als Kinder.

Draußen packt er den Alten am Arm wie ein ungezogenes Kind. Ob er denn nicht weiß, daß alle Artikel mit einem Magnetstreifen versehen sind und daß man nichts mit nach draußen nehmen kann, ohne daß der Alarm ausgelöst wird?

Der Alte sieht ihn an und befreit sich mit einem entschiedenen Ruck aus seinem Griff.

Selbstverständlich weiß er das. Deshalb läßt er sich ja genau dann schnappen, wenn der Fahrer in der Nähe ist, und nur mit einer Salami. Denn der Fahrer beschwichtigt die Kassiererin, sie begnügt sich mit dem Geld für die Salami, und den ganzen Rest kann er behalten. Hauptsache, er bleibt draußen, jenseits der magnetischen Schranke.

Er öffnet seine Jacke und zeigt ihm den ganzen Rest. DEN GANZEN REST.

Mein Junge, sagt er, wenn du von der Mindestrente lebst, mußt du dir was einfallen lassen, sonst kommst du keinen Schritt weiter als bis zur Toilette.

Fiat Barchetta
Rechte Spur

Wenn es die Hölle gibt, dann ist es dort garantiert genauso wie hier. Nicht wegen der Hitze, nicht wegen dieser feuerspeienden Sonne, die den Himmel in Brand setzt und Flammen auf die Autos prasseln läßt, die hintereinander in Reih und Glied warten wie Verdammte auf dem Weg zur Hölle, ich mag die Sonne, ich hab mir nicht zufällig ein Cabrio zugelegt.

Aber wegen dem Wasser.

Denn aus dem Tanklaster direkt vor mir, der sich wie alle anderen auf dieser Autobahnstrecke in einem Tempo von etwa einem Meter pro halbe Stunde vorwärtsschiebt, rieselt kristallklares Wasser, und im Auto links neben mir leert eine deutsche Familie eine ganze Zweiliterflasche Levissima in ihre Münder, einer nach dem anderen, Vater, Mutter, Sohn und Großmutter mit toupierter Haarpracht, zu allem Überfluß wird auf dem Acker neben der Leitplanke soeben eine gigantische Berieselungsanlage eingeschaltet, wie man sie diesseits und jenseits des Ozeans überhaupt noch nie gesehen hat.

Und das, während die Blase seit mindestens einer

Stunde bis zum Platzen gefüllt ist – das alles zusammen ist für mich die Hölle.

Zweimal habe ich versucht, auf die Standspur zu fahren, aber beide Male kam genau in dem Moment mit Höchstgeschwindigkeit ein Krankenwagen vorbeigerast, und das Risiko will ich nicht noch mal eingehen. Also bleibe ich auf meiner Spur, Zähne zusammengebissen, Hände ans Lenkrad geklammert, und trotz der Hitze bricht mir der kalte Schweiß aus, denn das ständige *Pssss* des Tankwagens und das *Gluckgluckgluck* der Wasserflasche und das leise *Sssss* der Berieselungsanlage sind eine einzige Tortur. Meine Blase ist straff gespannt wie das Fell einer Trommel, ich weiß nicht mehr ein noch aus.

Einen Augenblick erwäge ich, die Coladose zu nehmen, die auf dem Armaturenbrett steht, sie leerzutrinken – *leerzutrinken? Verdammt, bloß nicht!* -, nein, sie nicht leerzutrinken, sondern den Inhalt auf die Straße zu kippen und mich dann im Schutz meines eigenen Autos zu entleeren, aber ich Unglücksrabe bin ein Gefangener meines eigenen Fiat Barchetta, *Barchetta? großer Gott! von wegen Barke,* eines entblößten, nackten Cabrio, und über mir ragt jetzt ein ganzer Reisebus mit Japanern auf, die zu mir runterstarren.

Versuchsweise ziehe ich die Jacke vom Beifahrersitz über meinen Schoß, um mir unauffällig die Hose aufzuknöpfen, aber im Auto der deutschen Familie legt die ganz in Hellblau gekleidete Oma mit den toupierten Haaren ihrem Enkel die Hand über die

Augen und spießt mich mit ihren Blicken auf, so daß ich mir so verdächtig vorkomme wie ein Mann mit Zeitung in einem Pornokino. Also breche ich den Versuch ab, hocke da wie an meinen Schmerzensthron gekettet, als mir plötzlich ein Gedanke durch den Kopf schießt.

Kann man daran sterben? Kann man es so lange zurückhalten, bis man platzt und in einer gelblichen, schäumenden Flüssigkeit verschwindet? Kann man an seiner eigenen Pisse sterben?

Genau in dem Moment läßt mich eine kurze Explosion – ein Luftballon, von einer Nadelspitze durchbohrt – vom Autositz hochschnellen. Mit einem Schlag werde ich von etwas Feuchtem, Heißem überschwemmt, während mein ganzes Leben in Sekundenschnelle vor meinem inneren Auge abläuft: meine Großmutter, die mir die Windeln wechselt, das Wachstuch unter dem Bettlaken, damit die Matratze nicht naß wird, ich auf dem Weg in den Kindergarten mit Ersatzunterhosen im Umhängetäschchen. *Addio*, denke ich, *addio.* Ich habe mich immer schon gefragt, ob ich auf der Schwelle des Todes den Namen meiner Mutter oder den meiner Freundin auf den Lippen haben würde. Jetzt, da ich an einer urogenitalen Explosion sterbe, kommen mir die Lupo-Alberto-Comics in den Sinn, ich weiß auch nicht, wieso.

Als ich das laute Fluchen des deutschen Familienvaters und das Schaben seiner Radfelgen auf dem Asphalt höre, wird mir klar, daß ich mir nur in die

Hose gepinkelt habe. Der Deutsche blinkt jetzt und schert gezwungenermaßen rechts raus, wobei er mich schneidet. Keine Krankenwagen in Sicht, ich könnte gleich hinter ihm herfahren, aber das ist jetzt nicht mehr nötig.

Ich bleibe in der Schlange, pitschnaß und wieder einmal gedemütigt, und denke *Lupo Alberto? Zur Hölle mit ihm.*

Silbergrauer KA
Rechte Spur

Der Junge ist erst zehn Jahre alt, aber die Pistole in seiner Hand ist echt.

Vor wenigen Kilometern war da dieser merkwürdige Unfall in einem Tunnel, mit Polizeieinsatz und diesem toten Mann im Auto. Sie haben direkt danebengestanden, er, sein Papa und seine Mama, denn wie alle anderen stecken sie in dieser Autoschlange, die nur im Schneckentempo vorwärtskriecht, und da hat er, klein, wie er ist, vorhin die Situation ausgenutzt, ist aus dem Auto geschlüpft und hat seine Spielzeugpistole gegen diese hier getauscht, die viel schöner ist und viel echter aussieht. Aber sie ist schwer – wenn er sie hochhalten will, braucht er dazu beide Hände und muß den Pistolenlauf auf die Gummiabdichtung am Fenster legen, doch aufgepaßt, nicht daß sie gegen die Scheibe knallt, sonst kriegt sein Papa einen Wutanfall.

Er kniet auf der Rückbank, duckt sich, kneift ein Auge zu und zielt auf die Autos, die an ihm vorbeiziehen, denn er ist der letzte Wächter der Erde und als einziger imstande, die Geheimagenten des Planeten Gundam zu entlarven. Und zu erschießen.

In den vielen Autos, die an seinem Pistolenlauf vorbeifahren, sitzen unter anderem ein Mann mit einem Handy, eine junge blonde Frau, die zu ihm rübersieht, als würde sie ihn gar nicht sehen, ein junger Mann mit einer runden Brille. Dann kommt ein anderer Junge in Sicht. Er kniet auf dem Rücksitz eines gelben Autos und preßt die Handflächen gegen die Scheibe des Seitenfensters.

Ein Junge wie er, und doch irgendwie anders. Sein Gesicht ist rund, seine Augen sind größer und schräg wie bei den Chinesen, sein Mund ist geöffnet, Spucke läuft ihm über das Kinn. Der Junge schlägt mit den Händen gegen die Scheibe, ab und zu hält er inne und starrt irgend etwas an, und dabei reißt er ständig den Mund und die Augen weit auf.

Dieser Junge ist einfach anders. Er ist anders, und deshalb ist er ein Feind.

Er nimmt die Pistole von der Gummiabdichtung am Fenster und klemmt sie sich zwischen die Knie, denn es ist schwer, sie zu laden, schwerer als bei der alten Fury seines großen Bruders. Er zieht mit beiden Händen, bis er es schafft, den Schlitten nach hinten zu bewegen, genau wie im Film, wenn die Waffen geladen werden. Dann stützt er die Pistole wieder auf dem Gummirand ab, kneift ein Auge zu, zielt auf den Jungen aus Gundam und legt den Finger auf den Abzug.

Da hört er die Stimme seiner Mama auf dem Beifahrersitz: *Diese arme Familie, wie schrecklich, ein Kind mit Downsyndrom.* Und sein Papa am Lenkrad: *Wieso, haben wir etwa keinen Trottel als Kind? Zehn Jahre alt und pinkelt immer noch in die Hose.*

Er nimmt den Finger vom Abzug und hebt den Lauf seiner Pistole. Der Junge sieht immer noch zu ihm rüber, dann hört er plötzlich auf, mit den Händen gegen die Scheibe zu schlagen und wedelt mit der Hand, wie um ihm zuzuwinken. Und er winkt zurück, denn im Grunde ist auch der Junge da drüben ein ganz normaler Junge, wenn auch vom Planeten Gundam.

Dann sieht er wieder zu seinem Papa am Lenkrad, sieht seine Schultern, die über den Sitz ragen, seinen Nacken, sein Gesicht, das der Papa jetzt der Mama zuwendet. Er sagt: *Hätten wir um diese Tageszeit doch bloß die Landstraße genommen,* und sie sagt: *Du weißt ja immer alles besser.*

Da legt er die Pistole auf die Knie und sieht sie alle beide lange an.

Blauer Ulyssee
Linke Spur

Er faßt sich instinktiv an den Bauch, wie immer, wenn vom Essen die Rede ist. Seine Frau schmeckt die Hackfleischsauce stets mit allen möglichen Gewürzen ab, Farinellis Frau tut das nicht. *Und wie steht's mit einem Stück Wurst?* Farinelli schüttelt den Kopf, *keine Wurst, Dottore, kein Fett und kaum Zwiebeln.* Albertini hebt die Hand, wie um sich zu entschuldigen: *Ich bin Junggeselle und stamme aus Apulien; wenn ihr wollt, verrate ich euch das Rezept für* Orecchiette con le cime di rapa.

Wäre da nicht die Leitplanke, die vor dem linken Seitenfenster glänzt, und der keuchende Lastwagen, der vor dem rechten Fenster schnauft, dann würde er nie und nimmer auf die Idee kommen, daß sie auf der verstopften Autobahn in der Schlange stehen, noch dazu in der prallen Sonne. Die Klimaanlage sorgt für wohltemperierte Luft, er sitzt ganz hinten auf der dreisitzigen Rückbank, Farinelli vor ihm auf dem Einzelsitz, Albertini hinter dem Steuer, und es ist fast wie im Wohnzimmer bei einer Unterhaltung unter guten Freunden. *Wissen Sie, Farinelli, im Grunde muß ich Ihnen recht geben, ohne Wurst liegt die Sauce nicht so schwer im Magen, und auf solche Dinge muß ich allmählich achten. Wußten Sie, daß ich zum zweiten Mal Großvater werde? Was Sie nicht sagen, Dottore, von der Kleinen? Na ja, so klein ist sie auch nicht mehr, Farinelli, die Zeit vergeht, und wir werden älter. Hören Sie auf mich, Albertini, bleiben Sie Junggeselle, heiraten Sie bloß nicht. Zu spät, mich hat's längst erwischt, Dottore, Ende September ist es so weit. Gratuliere, Albertini, und – sind Sie verliebt? Unsterblich, Dottore. Dann ist es gut so. Heiraten Sie und bekommen Sie Kinder. Sie können sich gar nicht vorstellen, wie glücklich Kinder einen machen.*

Albertini lächelt, dann knöpft er seine Jacke auf, denn wenn die Klimaanlage im Auto auch für wohltemperierte Luft sorgt, knallt doch draußen unerbittlich die Sonne vom Himmel, und er beginnt zu schwitzen. Er zieht die Pistole aus dem Halfter am Gürtel und schiebt sie unter die aufgeschlagene Zeitung auf dem Beifahrersitz. *Mein Problem sind die Triglyzeride*, sagt Farinelli, *ich bin auf Diät, aber ich halte es einfach nicht durch, vor allem im Sommer mit den vielen Torten, meine beiden Kleinen haben im August Geburtstag, meine Frau im Juli. Da sage ich nur eins, Farinelli, ich bevorzuge gesalzene Speisen.*

Die Rede ist vom Essen, und der Dottore faßt sich an den Bauch. *Sagen Sie mal, Farinelli, und die Waffen? Alles in Ordnung, Dottore, aber der Boß der Sacra Corona stellt uns für die Überfahrt seine Motor-*

boote nicht mehr zur Verfügung, wenn wir nicht seine Drogengeschäfte an der Riviera decken. Der Boß erweitert seinen Machtbereich, Farinelli, aber das ist das Territorium der Camorra, und wir brauchen die Camorra, um die Schwarzgelder zu waschen. Sagen Sie ihm also, wenn er weiterhin das Arschloch spielen will, werden wir uns in Übersee nach anderen Leuten umsehen, da drüben ist eine Bande so gut wie die andere, Hauptsache, sie sichern den Transport der Waffen und des Heroins, zahlen das Schutzgeld für die illegalen Einwanderer und schießen nicht auf die Soldaten. Nein, warten Sie, Farinelli, sagen Sie dem Boß lieber, daß er uns für die nächste Überfahrt einen Sonderpreis machen soll, und als Zugabe soll er uns auch diese Journalistin vom Hals schaffen, die uns nicht von der Pelle rückt. Soll er sie in ihrem Auto in die Luft jagen.

Plötzlich schlägt Farinelli sich an die Stirn, und zwar so heftig, daß sogar Albertini sich umdreht. *Oh, Madonna! Was ist denn los? Das Auto, Dottore … Sie haben mich gerade daran erinnert, daß ich für meinen Jüngsten, der morgen Geburtstag hat, ein Spielzeugauto besorgen muß. Ach ja? Wie alt wird er denn? Sieben. Nein, wie goldig … In Ordnung, Farinelli, am nächsten Autogrill fahren wir raus. Falls wir jemals dort ankommen, bei diesem Stau. Albertini, erinnern Sie mich doch bitte daran, daß das Ministerium uns das nächste Mal einen Hubschrauber zur Verfügung stellen soll.*

Reisebus (Minibar und TV)
Rechte Spur

Ein Blick in den Rückspiegel, und er sieht, wie der Alte sich im Mittelgang nähert. Mit zitternden Knien und ausgestreckten Armen sucht er an den Rückenlehnen rechts und links Halt, tastet sich Schritt für Schritt vor wie ein altes Gespenst, unterstützt von einem Chor aus Gehuste – während er ihn beobachtet, seine Hände um das Lenkrad krampft und sich mit einem unterdrückten Lächeln darauf vorbereitet, hart zu bleiben und auch diesmal wieder nein zu sagen.

Ich weiß, man darf den Fahrer während der Fahrt nicht ansprechen, aber ich hab solche Monster schon gefahren, als ich Soldat war, deshalb weiß ich, daß sich unsereins gar nicht so leicht ablenken läßt. Wollen Sie wissen, wo das damals war? In Afrika, die Strecke Maktila – Sidi El Barrani und Sidi El Barrani – Maktila, und da gab es weiß Gott nicht solche Straßen wie hier. Nichts als Wüste. Skorpione, so groß wie Pantoffeln, und eine Hitze, daß man gar nicht schnell genug schwitzen konnte. Ich hab damals so viel Staub geschluckt, daß das beim Scheißen aussah wie der Schleifsand aus einem Sandstrahler.

Ein Blick in den Rückspiegel. Jetzt kommt gleich die Bitte, und er wird nein sagen und den Alten wieder zurückschicken in die Tiefen des Reisebusses, wie all die anderen vor ihm auch.

Ich war Anfang Zwanzig, so etwa in Ihrem Alter, schätz ich mal. Jedenfalls, von Afrika geht's gleich weiter nach Rußland, und da fährt man nicht mehr, weil es da gar keine Busse gibt, da marschiert man. Das war eine Kälte, mein Junge, eine Kälte, sag ich dir ... So kalt, daß es beim Pinkeln aussah, als würde man Pferdchen aus Muranoglas gießen. Von Popovka nach Bagnacavallo, die ganze Strecke zu Fuß.

Jetzt kommt gleich die Bitte. Jetzt kommt dieser Tattergreis mit seiner Bitte.

Pünktlich am achten September bin ich wieder in Italien. Die Deutschen suchen nach Leuten, um sie nach Deutschland zu schicken, und ich verstecke mich einen ganzen Monat lang in einem Schrank, damit sie mich nicht erwischen. Da bekam man kaum noch Luft, in diesem Schrank. Die Luft war so dick, daß ich beim Atmen besser den Mund nicht aufgemacht habe, aus Angst, ich könnte einen Pyjamaärmel schlucken. Dann kamen die Faschisten, und ich hab mitgekriegt, was sie mit den Leuten ein Stockwerk tiefer gemacht haben, und da hab ich mir gesagt, nein, verdammtnochmal, jetzt reichts, und dann bin ich auch in die Berge gegangen. Um's kurz zu machen: Da haben sie mich dann doch noch erwischt und nach Mauthausen verfrachtet, und was für ein

Glück, daß der Krieg noch im selben Jahr aus war, sonst stünde ich jetzt nicht hier.

Vereinzeltes Husten aus dem hinteren Teil des Busses. Ein Geräusch wie von trockenen Zweigen, die zerknicken.

Später dann all das Wasser, das ich auf den Wahlveranstaltungen für Togliatti abbekommen hab, das Tränengas, das Scelbas Einsatzkommandos zu verdanken war, der Rauch aus der Casa del Popolo, angezündet von Almirantes Faschisten, und nicht zu vergessen der Jahrestag des Monte Battaglia vor einem Jahr, als die Polizei uns von der Piazza vertreiben wollte, damit die Musikkapelle der Amerikaner spielen konnte, und glaub mir, nicht ein einziger von uns aus der Sechsunddreißigsten Brigade Garibaldi hat sich auch nur einen Zentimeter vom Fleck bewegt, obwohl die Sonne auf uns runterbrannte wie Feuer.

Inzwischen bin ich siebenundsiebzig Jahre alt geworden und hab es satt, mich abzuquälen.

Und deshalb bitten wir dich jetzt ein allerletztes Mal, mein Junge: Schalt endlich diese gottverdammte Klimaanlage ab.

Ein Blick in den Rückspiegel, und seine Augen treffen auf die des alten Mannes, der ihn standhaft ansieht. Standhaft.

Da löst er eine Hand vom Steuer, streckt den Arm aus und schaltet die Klimaanlage ab.

Twingo
Standspur

Ich betätige den Blinker und fahre rechts ran.

Er sieht mich an, die Zunge zwischen den Zähnen und den rötlichen verzottelten Barthaaren. Ein Speicheltropfen, groß wie ein Hagelkorn, hängt an seiner feuchten Nase, und wie aus einem undichten Wasserhahn tropft einer nach dem anderen in regelmäßigen Abständen auf meinen Rock. Ich ignoriere das schon seit geraumer Zeit, so wie ich auch seinen heißen Atem ignoriere, der meine rechte Wange zum Glühen bringt, sowie den Geruch nach feuchtem Stroh, der sich in meinem Auto staut, weil wegen der Klimaanlage alle Fenster hochgekurbelt sind. Draußen sticht unerbittlich die Sonne auf die Autobahn nieder, die völlig verstopft ist, nur die Standspur ist noch frei.

Ich mache den Motor aus und schalte den Warnblinker an.

Ich habe ihn vom ersten Augenblick an gehaßt. Schon als er aus dem Auto sprang und ich am Fenster meines Appartements stand und er zu mir hochsah, war mir klar, daß ich ihn nicht ertragen würde. So ungepflegt und vernachlässigt, so verlottert. Schmutzig. Faul. So völlig anders als ich.

Ich lege den ersten Gang ein, denn die Autobahn verläuft hier leicht abschüssig. Ich öffne die Tür. Den ersten Streit hatten wir, als es um die Urlaubsplanung ging. Ich wollte ihn nicht mitnehmen. Er hingegen schon. Nicht in meinem neuen Auto, nicht in meinem Feriendorf, nicht in meinem Leben. Er: Entweder wir beide oder keiner. Die ganze Reise über haben wir uns gestritten, immer heftiger. Bis er beim ersten Autogrill abgehauen ist. Er hat seine Freunde angerufen, damit sie ihn dort abholen, und mich hat er sitzenlassen, und das, nachdem wir drei ganze Jahre zusammen waren. Dieser elende Bastard!

Schnell schlage ich die Tür hinter mir zu, damit er nicht auf dieser Seite des Autos rausspringt.

Was mich dann aber wirklich auf die Palme gebracht hat, war die Tatsache, daß er mir den Hund dagelassen hat. Nachdem ich ihm tausendmal gesagt habe, daß ich diesen Bastard von einem Jagdhund nicht ertrage, daß ich ihn im Urlaub nicht dabeihaben will, daß ich ihn nicht leiden kann, verdreckt, verlottert und vernachlässigt, wie er ist – nach all dem hat er mich mit dem Hund sitzenlassen.

Und jetzt räche ich mich an ihm und an seinem Hund. Ich werde genau das mit ihm machen, was sein Herrchen mit mir gemacht hat. Ich überlasse ihn seinem Schicksal, hier auf der Autobahn.

Ich gehe um das Auto herum, um die Beifahrertür zu öffnen, ohne daß mich jemand dabei sieht. Ich muß nur eine Lücke in der Schlange abwarten und nichts wie weg: Er bleibt hier, und ich fahre weiter.

Aber kaum berühre ich den Griff, springt dieser verfluchte Köter gegen die Scheibe, wie er das immer macht, wenn er mich sieht, legt seine rötliche Pfote auf den Türknopf und löst die Zentralverriegelung aus. Dann hockt er sich hin, klemmt sein Hinterteil zwischen Sitz und Schalthebel und schiebt den Gang raus.

Das Auto kommt schnell ins Rollen, bei dem Versuch, es irgendwie festzuhalten, bricht mir ein Fingernagel ab. Der Wagen rollt lautlos die abschüssige Fahrbahn hinunter und prallt dann gegen ein Polizeiauto, das auf der Standspur steht. Ich treffe genau in dem Moment dort ein, als die beiden Polizisten aus ihrem demolierten Auto steigen, mich fassungslos ansehen und sagen: *Aber, Signora, was machen Sie denn, sind Sie verrückt geworden?*, und ich denke, daß es schlichtweg ein Ding der Unmöglichkeit ist, ihnen zu erklären, daß es ein Hund war, der am Steuer saß.

Denn in der Zwischenzeit ist er völlig unbeobachtet durch die zerplatzte Windschutzscheibe entwischt und über die Leitplanke gesprungen, und jetzt sieht er mich an, als würde er grinsen, dieser elende Bastard.

Prototyp (nicht homologiert)
Rechte Spur

Gledes schläft.

Ihr Kopf liegt, leicht abgeknickt, auf der gepol-
sterten Rückenlehne des mittleren Sitzes, sie schläft
und träumt. Die Hitze dieses Augustmontags hat sie
im Nu schläfrig gemacht, wie auf hoher Flamme ge-
gart, und den noch nicht homologierten blauen
Kleinbus mit Elektroantrieb in einen Dampfkoch-
topf auf Rädern verwandelt. Auch das ständige Stop-
and-Go in dieser endlosen Autoschlange wiegt sie in
den Schlaf, denn Primo fährt sanft, und außerdem ist
die Autobahn dermaßen verstopft, daß sie sich sowieso kaum vorwärtsbewegen, es sei denn, im
Rhythmus des Ein- und Ausatmens.

Gledes schläft.

Im hinteren Teil des Kleinbusses, in dem noch
nicht homologierten Kofferraum, scheppern leise die
Instrumente des *Musiktheaterorchesters Musketiere
des Folk*, und es ist genau das Hintergrundgeräusch,
das sie auch als Packerin begleitet hat, als sie noch bei
Südfrucht-Lombardini angestellt war und über das
Band gebeugt den Boden in die Körbchen für die

Pfirsiche legte. Dort war es auch, wo Secondo auf sie aufmerksam wurde, und trotz ihrer Aufmachung – blaue Bluse, Holzpantinen, Kopftuch – sah er sie sofort in einem kurzen Glockenrock, einer paillettenbestickten Bluse und hochhackigen Schuhen vor sich, ganz in Weiß, Gelb und Silber wie die sexy Ausführung einer Porzellanpuppe, und er sagte zu ihr, Schluß mit der Handarbeit, ab heute bist du ein Star.

Gledes schläft.

Zwischen Primo und Secondo auf dem noch nicht homologierten Sitz eingezwängt, berührt ihre auftoupierte Haarpracht Terzos Stirn, der sich vorbeugt, um sich mit einer Hand an der Rückenlehne der Vordersitze festzuhalten. Seine andere Hand schiebt sich tastend unter Gledes' Bluse, über ihren weichen Bauch, auf dem das Gummiband ihres Glockenrocks eine feine Spur hinterlassen hat, und der Finger ist schon fast an ihrem Bauchnabel. Secondo hingegen hat seine Hand über ihre Schulter geschoben, so daß seine Finger unter den paillettenbestickten Rand ihrer Bluse gleiten können, unter den Büstenhalter Größe 48 mit den verstärkten Körbchen. Primo sitzt am Steuer und kann unter diesen Umständen seine geöffnete rechte Hand nur auf ihren prallen Oberschenkel legen, den Daumen abgespreizt, um sich so weit wie möglich an den stämmigen Beinen des zwanzigjährigen Bauernmädels nach oben zu tasten.

Gledes schläft, gleichgültig, völlig benommen von der brütenden Hitze dieses Augustmontags. Der noch nicht homologierte Kleinbus umschlingt und betatscht sie mit seinen schweißnassen Tentakeln, klebrig und heiß wie die von Südfrucht-Lombardini, dessen Finger unter ihre Bluse glitten, wenn sie sich über das Band beugte, um den Boden für die Pfirsiche glattzustreichen.

Gledes schläft und träumt und träumt und schläft, und auch wenn sie ihre Hände derzeit nur dazu benutzt, auf der Bühne den Rhythmus zu klatschen, vor und zurück, vor und zurück und *eins-und-zwei-und-drei Mazuuuurrrrka!*, träumt sie in Wirklichkeit von einer Arbeit, die keine Handarbeit ist.

Nicht einmal für die Hände der anderen.

Saab Cabrio
Linke Spur

Wie er immer zu sagen pflegte: *Der Mann ist ein Jäger,* und als diese heiße J. R.-Biene und die anderen Typen aus dem Dallas-Clan aus der Romagna ihn fragten, ob sie bei ihm mitfahren könne, weil ihr Lieferwagen schon voll sei, ließ er sich das nicht zweimal sagen. Lächelnd hielt er ihr die Beifahrertür auf und sorgte dafür, daß der Ärmel seiner Jacke unauffällig hochrutschte, damit die goldene Rolex sichtbar wurde, legte das Handy auf das Armaturenbrett und ließ den Turbo aufheulen, denn wie er immer so schön sagte: *Wenn du Geld hast, rennen dir die Weiber die Bude ein,* und er war schließlich der Hauptsponsor des Dreizehnten Internationalen Festivals des Raviolo und der Kiwi, Ehrengast Mino Reitano, spezieller Auftritt von Lara Saint Paul, dazu verschiedene Sänger, Fahnenschwinger sowie Podiumsdiskussion über den »Zusammenbruch des Kommunismus und die Zukunft der Nektarinen«.

Beim Schalten berührte er wie zufällig ihr Knie und beobachtete sie aus dem Augenwinkel, um zu sehen, ob sie lächeln würde – und tatsächlich, der

Ansatz eines Lächeln war da, er sagte es ja immer: *Mit Ausnahme der Mama sind alle Weiber Huren.* Dann plauderte er von seinen Bekanntschaften beim Cantaromagna, beim Cantagiro, in San Remo, beim Eurofestival, bei der Nacht der Oscars, sagte, er kenne Pippo Baudo, Renzo Arbore, Magalli, Mike Bongiorno und die Maurizio Costanzo Show. Und dann hielt er in einem Waldstück an.

Nanu, da stimmt was nicht mit dem Auto, und dann sofort runter mit dem Liegesitz.

Sie sah ihn fragend an, und er legte seine Hand auf ihren Oberschenkel, und sie sagte: *Mein Herr, was machen Sie da?,* und er sagte: *Das weißt du ganz genau,* denn wie er immer sagte: *Jungfräulich ist nur noch das Olivenöl und die Madonna,* und sie daraufhin: *Ich schreie gleich* und er *ach, was,* und ruckzuck beide Hände auf ihre Titten, und sie *ahhhh!* und er auf sie drauf, denn wie er immer so schön sagte: *Die sind doch alle scharf auf ein bißchen Gewalt, und dabei amüsieren sie sich bestens,* und da zog sie ihren Schuh aus und verpaßte ihm *wommm!* einen so heftigen Schlag auf die Birne, daß er die psychomotorische Kontrolle über seine Zunge verlor und einen zweiunddreißig Minuten andauernden Mundfurz hinlegte.

Danach war sie nicht mehr da. Auf dem Sitz lag nur noch ihr Schuh mit dem kaputten Absatz. Er zuckte gleichgültig die Achseln, rückte den Knoten seiner Krawatte zurecht und ließ den Motor wieder an. Den Schuh legte er auf das Armaturenbrett.

Und da liegt er noch immer, für alle sichtbar, während er sich wie alle anderen unter der heißen Sonne über die Autobahn schleppt, mit zwei Kilometern pro Stunde.

Denn wie er immer so schön sagte: *Bei den Weibern spielt es keine Rolle, was du mit ihnen anstellst – sondern was du hinterher in der Bar erzählst!*

Roter Fiesta
Linke Spur

Unter den nackten Zehen das unebene, warme Plastik des Armaturenbretts.

Unter den Fingern das Blech der Karosserie, das sich heiß und staubig anfühlt, bis ich eine Stelle finde, die kühl genug ist, um die Hand dort liegenzulassen.

Zwischen den Schultern lauwarme Schweißtropfen, die mir jedesmal, wenn ich die Haut von der Sitzlehne löse, rasch über den Rücken rinnen, sogar bis unters Gummiband des Slips.

Auf meinem Gesicht ein Gemisch aus stechender Sonne, Asphalt und Benzin, starr und schwer wie eine Maske.

Daß wir auf der verstopften Autobahn in der Schlange stehen, ist mir längst klar, bevor er es mir sagt. Denn ich bin zwar blind, aber das schon seit meiner Geburt, und daher habe ich gelernt, alle Bewegungen in meiner Umgebung zu erspüren. Ich erkenne sie an ihrem Atem, am Lufthauch, den die Dinge, die mich umgeben, auslösen, am Geräusch, das sie machen, gerade so, als würden sie atmen. Da ist das Sirren beim Bremsen, die Luft, die durch die Fenster hereinschwappt, wird zunehmend heißer und stickiger, das rauhe Knattern der Motoren verwandelt sich in ein Seufzen, und dann bleiben wir stehen.

Stille, eine Stille voller Dinge, voller Geraschel, Stimmen, Atemzüge, wie eine Stille immer ist, wenn ein lautes Geräusch plötzlich wegfällt und man auf einmal wieder all die anderen Geräusche hören kann.

Ich vermute, es ist so ähnlich, wie wenn bei Leuten, die sehen können, das Licht ausgeht und mit einemmal all das übrigbleibt, was sie vorher nicht erkennen konnten. Ich bin mir nicht sicher, aber ich vermute, daß es so ähnlich ist. Ich habe versucht, ihn danach zu fragen, aber er konnte es mir nicht erklären.

Seine Hand auf meinem hochgezogenen Knie hat meine Haut so stark aufgeheizt, daß sie inzwischen fast völlig empfindungslos geworden ist. Aber ich sage es nicht. So ist er eben, er muß mich ständig berühren, festhalten, drücken, mit der Hand, dem Finger, dem Ellbogen. Er sagt, er macht das, damit ich spüre, daß er da ist, aber das weiß ich auch so, ohne daß er mich berührt. Die Wärme seiner Haut verrät mir, wie seine Stimmung ist, der Geruch seiner Kleider sagt mir, was er anhat, und dank des kaum hörbaren feuchten Geräuschs, das seine Lippen machen, wenn sie sich dehnen, weiß ich, wann er lächelt.

Ich mag das Geräusch seines Lächelns. Und deshalb dulde ich seine Hand auf meinem Knie, obwohl es so heiß ist.

Und wenn wir irgendwo zusammen hingehen,

lasse ich ihn seinen Arm um meine Schultern legen, als müßte er mich stützen. Und an den Türschwellen, wenn die Veränderung der Beschaffenheit des Bodens unter meinen Sohlen mir sagt, daß da eine Stufe ist, und er sie nicht bemerkt und stolpern würde, weil er wie immer zerstreut geradeaus schaut, dann sage ich zu ihm: *Wenn du nicht wärst, würde ich ständig irgendwo anstoßen.*

Dann bleibt er ruckartig stehen und sagt: *Richtig, hier kommt eine Stufe, aufgepaßt* und hält mich am Arm fest, als könnte ich das Gleichgewicht verlieren, solange ich die Stufe nicht überwunden habe. Dann sagt er: *Wenn ich nicht wäre* und drückt mich fest an sich, und ich höre, daß er lächelt.

Damit er sich freut, tue ich von Zeit zu Zeit so, als würde ich stolpern.

Parkplatz

Langsam. Trink nicht so hastig. Genieß es doch.
Ich für mein Teil kippe die Sachen lieber runter.
Meine Frau sagt, meine Fähigkeit zu genießen sei
vermindert. In Wirklichkeit pfeif ich drauf. Ich hab
was Besseres zu tun. Jetzt beispielsweise lasse ich eine
Firmenversammlung sausen, nur weil sie ihr beschis-
senes Picknick haben will. *Laß uns raus aufs Land
fahren,* sagt sie, *wie damals, als wir noch jung und
verliebt waren.* Ich rechne mit zwei Stunden, maxi-
mal zweieinhalb, und nun stecken wir in diesem
Stau. *Picknick auf der Autobahn, auf dem Parkplatz,*
sagt sie, *ist das nicht herrlich romantisch?* Romantisch zum Abwichsen.

*Du merkst gar nicht mehr, was los ist… Immer bist
du in Eile, auf Reisen, auf irgendeiner Versammlung.
Nie denkst du an uns beide … und daran, daß das
Blatt sich einmal wenden könnte.*
Die Nummer schon wieder, ihr übliches Gejam-
mer von wegen Krise und so. Da heiratet man ein
Fotomodell, weil man denkt, daß es außer Beinen,
Arsch und Titten nichts zu bieten hat, und nun zer-
bricht sie sich den Kopf über eine Beziehungskrise.

Was denn für eine Krise … Wenn's dir nicht paßt, bit-
teschön, dann kannst du ja gehen, geh nur … Du
kommst sowieso gleich wieder angekrochen, weil ich
es bin, der das Geld hat. Und wenn du nicht wieder-
kommst, auch gut … Dann finde ich im Handum-
drehen eine andere, eine, die besser aussieht. Und die
mir weniger auf die Nerven geht.

Und als du diesen jungen Mann als Chauffeur an-
gestellt hast und wir einmal allein unterwegs waren,
da sind er und ich …

Sie hat mich mit dem Chauffeur betrogen. SIE
HAT MICH MIT DEM CHAUFFEUR BETRO-
GEN. Das Picknick auf dem Land, der Wein, dieser
beschissene Stau … Alles nur, um mir zu sagen, daß
sie mich mit dem Chauffeur betrogen hat. Was für ein
Scheißdreck … Ein Fax hätte es auch getan!

Ich betrachte sie, während sie mir noch ein Glas
von dem Wein einschenkt, den sie eigens für das
Picknick gekauft hat. Sie sitzt auf der Leitplanke am
Rand des Parkplatzes, hält eine Hand über die Stirn,
um die Augen vor dieser grellen Autobahnsonne zu
schützen, sie lächelt, und einen Augenblick lang, nur
einen kurzen Augenblick lang, denke ich, wie schön
sie ist, mein Gott, wie schön sie ist … Aber im selben
Augenblick fällt mir ein, daß ich vergessen habe, wegen dieser Bestellung zu telefonieren, die morgen
gleich in aller Frühe geliefert werden muß. Ich kippe
den Wein in einem Zug runter, während ich in meiner Jackentasche nach dem Handy suche. Wie war
noch gleich die Nummer?

So bist du immer, gehetzt, ohne die Dinge anzuse-
hen, zu spüren, zu schmecken.

Ogottogott, das Adreßbuch ... Ich hab es in der
Firma gelassen. Wie war noch die Nummer? 0335 ...
genau, die ist es, 0335 ...

Und deshalb konnte ich dich auch dazu bringen,
die Police für die Lebensversicherung zu unterschrei-
ben, und zwar zu meinen Gunsten. Vielleicht werden
sie sich ein bißchen anstellen, bevor sie zahlen, aber
wir haben einen Bekannten, der bei der Versicherung
arbeitet ...

Wenn der sein Handy ausgeschaltet hat, schwöre
ich, daß ich ihn mir morgen früh vorknöpfe. Nein,
doch nicht, es klingelt ... Ich fahre mir mit der Zunge
über die Lippen, denn von dem Wein habe ich einen
seltsamen Nachgeschmack im Mund, bitter, stark,
auch ein wenig säuerlich ... Ich lege die andere Hand
über das Mikrophon des Handys, sage: *Kannst du*
von den Unsummen, die ich dir gebe, nicht was Bes-
seres kaufen als diesen Fusel? Teufel auch, das Zeug
schmeckt ja wie Gift.

Das Kinn auf die Hand gestützt, den Kopf leicht
zur Schulter geneigt, sieht sie mich an und lächelt.

Grüner Prinz
Rechte Spur

Wenn man die beiden im Rückspiegel sieht, muß man mindestens zweimal hingucken, bevor man es für möglich hält.

Er sitzt steif auf dem Fahrersitz, die Hände in der Position von exakt Viertel nach neun am Lenkrad. Sie lächelt, hält den Kopf leicht zur Schulter geneigt, fährt sich mit den Fingern durch die Haare und beißt sich auf die Lippen, so sinnlich, daß es beinahe weh tut.

Seine Haare sind grau meliert, seine Haut hat die Farbe einer Mortadella, seine Nase sieht aus wie eine Tomate. Sie hingegen ist so schön, daß man es glatt mit der Angst bekommen könnte.

Wenn man sie so im Rückspiegel betrachtet, kann man sich vorstellen, daß sie Nadja heißt und er Delmo. Eines Tages zählte Delmo nach, wie alt er war, und stellte fest, daß er sich einsam fühlte. Also faßte er den Entschluß, sich an eine Heiratsvermittlung zu wenden, damit man eine Ehefrau für ihn fände. *In diesem Jahr sind Russinnen sehr gefragt,* sagten die von der Agentur und zeigten ihm einen

Katalog mit Bildern wie aus der Weihnachtsausgabe des Playboy. Delmo wurde rot, begann zu schwitzen, seine Halsadern schwollen an wie bei Pavarotti, wenn er mit Domingo und Carreras auftritt, und am Ende suchte er sich eine Blondine namens Nadja aus, obwohl die eine Brünette ihm wesentlich besser gefallen hätte, aber die hieß Galina, und für jemanden, der auf dem Land lebt, ist der Name Henne immer etwas peinlich.

Die erste Begegnung wurde für Donnerstag vereinbart. Die Heiratsvermittlungsagentur verlangte nichts dafür, nur einen kleinen Zuschuß zu den Reisekosten, einen kleinen Zuschuß zu den Portogebühren, einen kleinen Zuschuß zu den Telefongebühren zuzüglich der Genugtuung, den Liebestraum zweier Menschen gekrönt zu sehen. Alles in allem elf Millionen Lire.

Wenn man sie so betrachtet, im Rückspiegel, kann man sich vorstellen, daß Delmo in den Tagen vor der ersten Begegnung wie auf Kohlen saß. Er war so aufgeregt, daß er beim Zurückschneiden eines Birnbaums runterplumpste und dabei den Hund plattmachte. Verträumt pflügte er das Feld eines Nachbarn um, und der hütete sich, Delmo darauf hinzuweisen, bevor er fertig war. Bei der Jagd schoß er versehentlich auf einen Fiat 127.

Endlich kam der Donnerstag, nach einer Nacht, in der er kein Auge zugetan hatte, wie ein Käuzchen. Um fünf Uhr morgens stand Delmo auf, wusch sich gründlich, zog den blauen Anzug seines verstorbenen Vaters an, band sich die gestreifte Krawatte um und machte sich dann klopfenden Herzens auf den Weg zum Bahnhof, eine Schachtel mit herzförmigen Pralinen in der Hand und eine ganze Dose Pomade auf dem Kopf, damit seine Haare nicht abstanden. Um 12 Uhr 45 stieg sie aus dem Regionalzug.

Wenn man die beiden so im Rückspiegel betrachtet, kann man sich vorstellen, daß Delmo, ein fünfundfünfzigjähriger Landwirt, lieber Casadei als Mozart hörte und zuletzt das Standardwerk *Fünf Ratschläge für die Wildschweinjagd* gelesen hatte.

Nadja dagegen war Astronautin mit zwei Studienabschlüssen in Astrophysik und molekularer Biogenetik, außerdem war sie Oberleutnant bei der Roten Armee gewesen.

Delmo hatte einen Cholesterinwert von 603 und sah aus wie der Mann aus der Werbung für Birra Moretti.

Nadja hatte eine Goldmedaille im Barrenturnen und eine Silbermedaille in Bodenturnen. Sie sprach fließend Französisch, Englisch, Deutsch, Tschechisch und ein bißchen Spanisch.

Delmo hatte noch nie den Unterschied zwischen *trotzdem* und *obwohl* begriffen.

Nadja hatte in Moskau während des Putsches einen Panzer außer Gefecht gesetzt.

Delmo füllte die Tortellini beim Festival di Rifondazione der kommunistischen Partei.

Was man sich nicht vorstellen kann: Es war Liebe auf den ersten Blick. Kaum daß sie einander erblickten, riß ein Blitz den Himmel entzwei. Als sie aufeinander zugingen, kam die Sonne wieder hinter den Wolken zum Vorschein, begleitet vom festlichen Tirilieren der Vögel, und als sie sich zum erstenmal berührten, machten sich alle Mäuse und Kaninchen eifrig ans Werk, die Zweige von Pfirsich- und Kirschbaum in Herzform zu flechten. Als sie sich küßten, läuteten in der Ferne güldene Glocken Melodien aus sämtlichen Walt-Disney-Filmen.

In jener Nacht entfachten sie im Bett ein gigantisches Feuerwerk.

Weißer Scania
Rechte Spur

In dieser Aufmachung, Haare zurückgekämmt, coole Weste über der Brust und nicht den Hauch von Schminke im Gesicht, sieht er tatsächlich aus wie ein Mann. Sicher, er kommt sich lächerlich vor, schon im Alter von dreizehn Jahren war für ihn klar, daß er sich besser fühlt, wenn er andere Klamotten anzieht und Schminke auflegt, jede Menge Schminke. Aber wenn sie im LKW unterwegs sind, kann Macho das gar nicht leiden, und wenn Macho was nicht leiden kann, dann fügt er sich eben.

Dabei sind sie richtig verheiratet. Amsterdam, vor ein paar Monaten. Hochzeitsreise: Amsterdam – Catanzaro mit einer Ladung Tiefkühlkabeljau, nicht mal Tulpen, sondern Ostseekabeljau, aber das macht nichts. Er fährt gern im Lastwagen mit. Da hat er Macho ja auch zum allerersten Mal gesehen, an einem Donnerstag, denn jeden Donnerstag stand er am Autogrill, um Lastwagenfahrer aufzureißen. Macho sah zwar nicht besonders gut aus, aber dafür war er ein waschechter Trucker. Am Anfang wollte er von der Geschichte nichts wissen, aber nach ein paar

Donnerstagen ließ er sich dann dazu überreden, ihn in seinem LKW mitzunehmen, und kaum war ein Jahr verstrichen: Amsterdam.

Nachts war alles anders. Nachts lag der Autogrill im Dunkeln, und in der Schlafkoje der Zugmaschine, oben hinter den Sitzen, konnte er sich wie gewohnt herausputzen, mit ganz viel Schminke, Haare bis über die Augen und mit Wonder-Bra, auf den Macho so stand – aber tagsüber, bei Licht, keine Chance. Da konnten die anderen ja alles sehen. Irgendein Kollege von Macho konnte auf der Autobahn urplötzlich neben ihnen auftauchen, Furia oder Rambo oder Maradona, irgendwer konnte sie zufällig sehen, und Macho konnte sich doch unmöglich mit der Luana an seiner Seite blicken lassen, selbst wenn sie beide in Amsterdam Hochzeit gefeiert hatten, mit Pfarrer und Kabeljau und dem ganzen Rest. Leider.

Auf der Spur neben ihnen steht El Diablo in seinem schwarzen Scania und pustet Kohlenmonoxyd auf den glühenden Asphalt. Er quatscht über CB-Funk mit Macho und hat ihn anscheinend gefragt, wer da neben ihm sitze, denn Macho hat eben gesagt *ein Freund.*

Ein Freund.

Das hat ihn echt verletzt, und um sich abzulenken, schaut er hoch zur Autobahnüberführung, die langsam, Meter für Meter, näher rückt – und plötzlich sieht er ihn.

Es ist ein Mann, er stützt sich auf das Geländer.

Er stützt sich auf das Geländer und sieht hinunter.

Er sieht hinunter und scheint niemand anderen als sie im Blick zu haben.

Macho sagt zwar ständig, er sei neurotisch, ein Mythomane und obendrein verbohrt, aber dieser Mann auf der Überführung, die ganz langsam, Meter für Meter, näher rückt, hebt sich immer größer gegen den tiefblauen Himmel ab, der nun zwischen der Oberkante der Windschutzscheibe und dem Geländer der Überführung zu einem immer schmaleren Streifen schrumpft – und selbst wenn er ein Mythomane ist, glaubt er ihn trotzdem schon zu hören, den Aufprall auf dem Dach, sieht er ihn bereits vor sich, den blutverschmierten Stein, der ihm seinen Macho raubt, und zwar für immer. Und exakt in dem Moment, als die Windschutzscheibe sich mit dem Geländer vereint und der Himmel nur noch ein hauchdünner Strich ist, sieht er, wie der Mann sich bückt und irgend etwas in die Hand nimmt. Irgend etwas.

Unter der Überführung sieht der Schatten noch viel schwärzer aus als sonst. Macho quasselt ins Funkgerät und ahnt nichts Böses. Noch einen Meter, dann sind sie wieder draußen, raus aus dem schwarzen Schatten, unter freiem Himmel. Noch einen Meter. Einen Meter noch – und dann vielleicht der Stein.

Was zum Teufel machst du da? knurrt Macho und schiebt ihn brüsk weg. Er mag verbohrt sein und ein Mythomane und alles, aber er hat es einfach nicht ausgehalten, Macho in diesem Moment nicht zu umarmen, selbst wenn El Diablo gerade zu ihnen rüberschaut. Er mag neurotisch sein, aber das hat er einfach nicht ausgehalten.

Der Stein jedoch kommt nicht. Er lehnt sich an die Beifahrertür und sieht, jetzt wieder aus deutlicher Distanz, wie Macho auf das Funkgerät einredet, nervös, hektisch, ohne Pause, ihm dabei die kalte Schulter zeigt.

Hinter ihnen, im Seitenspiegel sichtbar, tritt der Mann auf der Autobahnüberführung mit einem Schuh in der Hand ans Geländer, schüttelt den Schuh ein wenig, durchforstet ihn mit zwei Fingern, und heraus fällt ein kleiner Stein.

Autobahnüberführung

Beim letzten Test in Donna Moderna zum Thema »Sind Sie ein sinnlicher Typ?«, den er beim Friseur gemacht hatte, während sie sich die Haare legen ließ, hatte er insgesamt nur drei Punkte erreicht und lag damit zwischen Mago Zurlì und Mickymaus.

Beim Abschnitt ›Intimerotik‹ hatte er zwei Punkte eingeheimst, denn die einzige Frage, die er angekreuzt hatte, lautete: ›Was sagen Sie und Ihr Partner in intimen Momenten?‹, und die dazugehörige Antwort: ›Gute Nacht‹. Er konnte keine klare Definition von Orgasmus geben, hatte noch nie erotische Hilfsmittel und Analstimulanzien benutzt, kannte keine der siebzehn Positionen des pakistanischen Kamasutra, hatte noch nie etwas von sublimiertem Fetischismus gehört, geschweige denn sich Nutella auf den Körper geschmiert. Zuletzt hatte er düster die Stirn gerunzelt und kopfschüttelnd gedacht: *Irgend etwas stimmt da nicht.*

Nun gut, sie waren beide hoch in den Fünfzigern, seine Frau hatte die Maße 90–90–90, im Vergleich dazu hätte sogar Adriana Zarri Ähnlichkeit mit Pamela Anderson. Doch auch er mit seiner blassen

Haut, dem Doppelkinn, den Rändern unter den Augen, den hängenden Schultern, Bauch viel, Haare keine, machte vor dem Spiegel nicht viel her. Früher, als er noch als Fräser am Band arbeitete, war er abends müde von der Arbeit heimgekommen, hatte sich zum Abendbrot an den Tisch gesetzt, dann vor den Fernseher, und noch während der Tagesschau war er eingeschlafen. Aber seit er in Pension war, entfiel diese Ausrede. Der Abschnitt über Intimerotik sprach es klar und deutlich aus: In ihrer Situation, bei all der freien Zeit undsoweiter, müßten sie es mindestens zweimal pro Tag miteinander treiben.

Daraufhin war auf den Speicher gestiegen und hatte seine alte Sammlung von Le Ore, Supersex und Il Tromba hervorgekramt, aber es hatte sich nicht viel bei ihm geregt. Also hatte er sich einen Ruck gegeben und war in einen Sex Shop gegangen.

An jenem Abend hatte er den Fernseher gar nicht erst eingeschaltet. Er war ins Badezimmer gegangen und hatte im Dunkeln das Stallone-Unterhemd und den Plüschslip mit dem Rüssel angezogen. Dazu ›Wolfsgeheul‹ hinter den Ohren verteilt und ›Zigeunerblitz‹ unter den Achseln. Dann die Sie-sind-unwiderstehlich-Creme, die er in kleinen Döschen noch während der Sendung von Wanna Marchi bestellt hatte.

Zu guter Letzt die Röntgenbrille aus der Werbung im Intrepido.

Als er das Schlafzimmer betrat, schnarchte sie schon, und er kletterte aufs Bett.

Sie bewegte sich. Sie sah ihn nicht einmal an. »Was ist denn?« murmelte sie.

»Also, ich …«

»Ja, ich weiß, die Kichererbsen. Warum ißt du immer wieder welche, wenn sie dir so schlecht bekommen?«

»Also, ich …«

»Ach was, schlaf jetzt, morgen koche ich dir deine Lieblingsbohnen.«

Und sie drehte sich auf die andere Seite. Er kletterte wieder vom Bett, blieb noch eine Weile unschlüssig auf der Bettkante sitzen, dann schlüpfte auch er unter die Decke.

Am nächsten Tag machte er seinen täglichen Spaziergang zur Autobahnüberführung, um sich von oben den Stau anzusehen. Und als er den kleinen Stein, den er aus seinem Schuh gefischt hatte, über das Geländer fallen ließ, dachte er, daß heutzutage, seit das Steinewerfen nicht mehr aktuell war, nicht einmal mehr die Carabinieri vorbeikamen, um sich seinen Ausweis zeigen zu lassen.

Militärlaster
unter der Autobahnunterführung

Er hat geträumt, er sei einer dieser Taucher, die von einer Klippe springen und wie eine Messerschneide in das sprudelnde, blaue Wasser eintauchen, in eine Wolke aus unzähligen Luftbläschen, die schnell nach oben steigen. Dann aber schreckt er plötzlich hoch, hört das Kreischen der abgenutzten Bremsen, und der heftige Ruck, mit dem der Rekrut am Steuer den Militärlaster zum Stehen bringt, schleudert ihm fast das Gewehr aus der Hand. Der Lastwagen steht auf der Standspur, zur Hälfte beschirmt vom schwarzen Schatten der Überführung, zur Hälfte in der Sonne, und kaum sagt der Oberleutnant: *Alle runter, wir warten ab, bis der Stau sich auflöst,* springen auch schon alle runter vom Wagen. Alle – bis auf ihn. Er ist der einzige, der die Tarnjacke über seinem grünen Pullover bis oben zugeknöpft hat, der einzige, der seine Mütze noch immer auf dem Kopf hat, er sitzt in der prallen Sonne, aber er rührt sich nicht, denn der Gefreite hat mit dem Finger auf ihn gezeigt und gesagt: *Block! Stillgestanden!*

Der Gefreite ist zwanzig, ein Jahr jünger als er, der

einundzwanzig ist, aber was das Dienstalter betrifft, ist der andere eben drei Monate älter und außerdem Gefreiter. Daher sitzt er auch im Schatten und starrt diese grüne Kröte an, die reglos in der Sonne vor sich hin schwitzt, ohne auch nur einen einzigen Muskel rühren zu dürfen, solange er nicht *Sblock!* sagt, *Rühren!*, und darauf wird die Kröte noch eine ganze Weile warten müssen. Seit er ihn unter sich hat, in seiner Kompanie, und auch während ihrer Wachdienste in der Pulverkammer, hat er das mindestens schon hundertmal zu ihm gesagt: *stillgestanden, Augen geradeaus, Habachtstellung, zurück ins Glied, Schnauze halten*, und der Kerl hat nie ein Wort gesagt und immer gehorcht. Er hat ihn zu Patrouillengängen eingeteilt, zur Wache, hat ihm zusätzliche Putzdienste aufgebrummt und ihn die Feldbetten zigmal neu machen lassen – alles hat dieser verdammte Schütze Arsch ertragen, ohne auch nur ein Wort, ohne zu protestieren, stoisch gefaßt, stumm wie ein Maultier. So muß man diese Kerle behandeln, muß sie einfach plattmachen, wie der Chef der Baustelle immer gesagt hat, wo er damals schwarz als Hilfsmaurer malochen mußte, bevor er zum Militär ging. Plattmachen, dazu die entsprechende Handbewegung, wer als Arschloch geboren wird, bleibt immer ein Arschloch, und egal, ob er will oder nicht, weißt du, wen das kratzt? Den Rest bekam er nie mit, denn wenn der Chef merkte, daß er nicht ranklotzte, wurde er fuchsteufelswild, zumal er sowieso immer ihn die Zementsäcke schleppen ließ, wer weiß, was dem noch alles eingefallen wäre. Außerdem hatte er die Antwort sowieso längst kapiert: Einmal 'ne Null, immer 'ne Null. Die Kröte war 'ne Null, er hingegen, er zählte, weil er dienstälter war, weil er Gefreiter war. Deshalb *block! stillgestanden!*, wer als Arschloch geboren wird, bleibt immer eins.

Der Gewehrlauf in den Fingern der Kröte wird allmählich glühend heiß, und er bewegt minimal die Hand. *Stillgestanden*, sagt der Gefreite. Er aber denkt an Acapulco, an den Taucher, der sich in die blauen Fluten stürzt, und er kann sich nicht mehr beherrschen, er muß den Rücken strecken, nur ein ganz klein wenig. *Stillgestanden!* schreit der Gefreite. Die Kröte erstarrt, sitzt reglos in der glühendheißen Sonne, aber als die Augen vom Schweiß zu brennen beginnen, lockert er den Griff und stützt das Gewehr auf dem Knie ab.

Stillgestanden, Arschloch! Stillgestanden! brüllt der Gefreite und springt auf und macht drohend einen Schritt auf ihn zu, bleibt dann aber wie angewurzelt stehen, denn die Kröte hat in die Tasche ihres Tarnanzugs gegriffen und einen Ausweis herausgeholt, der ganz anders aussieht als sein eigener.

Hör zu, Blödmann, raunt sein Gegenüber ihm zu, *ich bin ein Carabiniere. Ich tu nur so, als ob ich zur regulären Truppe gehöre, weil ich einem Drogendeal auf der Spur bin, und deshalb, Schnauze, in Habachtstellung! und zurück ins Glied, kapiert, du Arschgesicht?*

Rühren, sagt der Gefreite instinktiv. Und rührt

sich selbst nicht mehr, nicht einmal in dem Moment, als ein kleiner Stein von oben heruntergeflogen kommt und mit einem dumpfen Klack auf das glänzende Abzeichen an seiner Dienstmütze prallt.

Reisebus (Minibar und TV)
Rechte Spur

Er krampft die Hände um das Lenkrad, wirft einen Blick in den Rückspiegel und denkt: *schon wieder.* Zuerst der Alte, der im Autogrill geklaut hat, dann der zweite, der wollte, daß er die Klimaanlage abschaltet, und jetzt eine Alte, die im Mittelgang des Reisesbusses nach vorn kommt.

Darf ich? Wissen Sie, dieser Spiegel hier vorn ist viel größer, da kann ich mich besser sehen. Ich muß das einfach ausnutzen, daß wir jetzt im Stau stehen, sonst wird es eine Katastrophe.

Die Oma muß mindestens zweihundert Jahre alt sein, aber sie trägt ein Kleid, das nicht einmal Moira Orfei mit ihren Elefanten … Sie blickt in den Rückspiegel, der in der Mitte der Windschutzscheibe angebracht ist, und als sie aus ihrem Handtäschchen einen Schminkstift hervorzaubert, kann er sich das Grinsen nicht verkneifen.

Das ist aber gar nicht nett, junger Mann, daß Sie da lachen. Ich war früher Miss Italia, müssen Sie wissen.

Sie reißt die Augen auf, und während ihre Stirn sich mit Falten überzieht wie Wellpappe, malt sie mit gekonntem Schwung zwei Bögen an die Stelle der ausgezupften Augenbrauen, zwei schmale schwarze Schnurrbärte. Er würde zu gerne sagen: *Ach ja? Wann war das denn?*, hält sich jedoch zurück. Aber er grinst noch immer, und das ist genauso, als hätte er es ausgesprochen.

Auch das ist wirklich gar nicht nett von Ihnen, wissen Sie. 1951 war ich Miss Italia, gleich nach dem Krieg.

Sie spricht affektiert, haucht die Vokale wie die Synchronsprecherinnen in alten Schwarzweiß-Filmen. Sie legt den Stift wieder zurück, nimmt jetzt einen Pinsel, schiebt den Unterkiefer vor und dehnt das Gesicht über dem Doppelkinn. Ein dunkles Pulver betont ihre eingefallenen Wangen, aber kaum entspannt sie die Mundpartie, wird ihr Gesicht wieder so rund wie zuvor, weiß und rund wie der Mond, durchzogen von feinen weißen Puderlinien.

Ich habe übrigens sogar in einem Film mitgespielt, wissen Sie. »Anima Perduta«, mit Amedeo Nazzari. In Cinecittà habe ich auch meinen seligen Gatten kennengelernt, einen Japaner. Und soll ich Ihnen verraten, welcher es war? Es war der Mann, der zehn Jahre auf einer Insel im Pazifik lebte, weil er sich nicht damit abfinden konnte, daß er den Krieg verloren hatte. Sie wollten einen Film über ihn drehen.

Sie hat sich einen leuchtenden Lidschattenregenbogen auf die Lider gepinselt. Sie hat sich die Wimpern schwarz getuscht, die Wimperntusche ist dickflüssig wie Teer. Jetzt schürzt sie die Lippen, so daß sie sich nach außen wölben, und malt ein Herz aus schimmerndem, dick aufgetragenem Lippenstift darauf.

Und Sie, junger Mann, wie alt sind Sie? fragt sie. *Dreiundzwanzig,* sagt er. *Und gefällt Ihnen Ihre Arbeit?* fragt sie. *Sie kotzt mich an,* sagt er. *Was würden Sie denn lieber sein als Busfahrer?* fragt sie. *Ingenieur, aber das Studium ist zu teuer, und außerdem gibt es nicht mal genug Arbeit für die Ingenieure, die schon fertig sind.*

Sie schüttelt den Kopf. *Armer Junge. Sie sind erst dreiundzwanzig und haben sich schon ergeben. Ich hingegen bin wie mein seliger Gatte. Ich ergebe mich nicht. Ich ergebe mich nie.*

Dann wendet sie sich dem alten Herrn zu, der in der ersten Reihe sitzt, weil er an Asthma leidet, und fragt ihn mit ihrer affektierten Stimme: *Wie sehe ich aus?* und er keucht: *Wunderbar, so wunderbar wie eh und je.*

Silbermetallic Porsche
Mittlere Spur

Es war nämlich so, daß er mit heruntergekurbelten Fenstern über die Autosole brauste, als er plötzlich einen Ferrari Thema bemerkte, der auf gleicher Höhe fuhr. Der Mann neben dem Fahrer hatte ihn so eigenartig angesehen, und da hatte er lieber kräftig aufs Gaspedal gedrückt und war auf der linken Spur davongebraust. Nicht um ein Autorennen zu veranstalten, Gott bewahre, das war nicht seine Art, sondern weil neben ihm auf dem Beifahrersitz der Musterkoffer mit der gesamten Kollektion lag, und er war schließlich lange genug Schmuckvertreter, um eine Art siebten Sinn für Unannehmlichkeiten zu haben. Und in der Tat hatte der Ferrari Thema ebenfalls Gas gegeben und dann auf der mittleren Spur aufgeholt, als wollte er ihn von rechts überholen, hatte sich dann aber auf gleicher Höhe gehalten, und der Mann am Steuer hatte ihm seine Pistole gezeigt.

Nun war es aber so, daß der Besitzer der Juwelierfirma bereits einmal den Verdacht geäußert hatte, er habe sich von einem Bekannten ausrauben lassen, also absichtlich, und deshalb konnte er den Koffer

mit der Schmuckkollektion diesmal unmöglich ir-
gendwelchen Unbekannten überlassen, selbst wenn
sie eine Pistole hatten. Also hatte er noch stärker be-
schleunigt und war im Slalom zwischen den Autos
auf der mittleren und der rechten Spur davongeflitzt,
den Ferrari Thema immer dicht auf den Fersen. Und
gleichzeitig hatte er auf dem Handy die 110 gewählt.

Nun war es aber so, daß die Streife der Autobahn-
polizei, als der Notruf einging, gerade im Revier in
Bereitschaft wartete und die beiden Autos deshalb
sehr schnell ausfindig machen konnte, vorneweg der
Porsche, dahinter der Ferrari Thema und dahinter
dann auch noch das Polizeiauto, mit Blaulicht und
Sirene. Der Inspektor hatte ebenfalls die Pistole ge-
zückt und entsichert, während der Fahrer sich über
das Steuer beugte und im Slalom auf allen drei Fahrspuren über die Autobahn raste, bis er den Wagen
der Banditen direkt vor sich hatte.

Gleich schießen sie, dachte der Inspektor, *gleich
schießen sie,* dachten die zwei im Ferrari Thema,
gleich schießen sie, dachte der Schmuckvertreter.

Dann tauchte wie aus dem Nichts diese Autoschlange vor ihnen auf, und um Haaresbreite wären
sie alle drei aufeinander geknallt, als sie vor dieser
Mauer aus gelben und roten Warnblinkern auf die
Bremsen stiegen. Der Schmuckvertreter suchte auf
der rechten Seite nach einer Ausweichmöglichkeit,
aber alles war dicht. Die Banditen suchten links nach
einer Lücke in der Leitplanke, aber alles war dicht.
Der Inspektor dachte, wenn sie beide jetzt ausstiegen

und die Banditen zu Fuß verhafteten, würde das garantiert in einer Schießerei enden, mit unabsehbaren Folgen, also schaltete der Polizist am Steuer die Sirene aus.

Jedenfalls war es dann so, daß die Verfolgungsjagd im Schrittempo endete, weil sie alle drei im Stau standen, auf verschiedene Spuren verteilt, ganz zufällig, wie Spielkarten, die jemand ausgeteilt hat, der von dem Spiel keinen blassen Schimmer hat. Zunächst das Polizeiauto hinter dem Schmuckvertreter hinter dem Ferrari Thema, dann der Porsche, der die Banditen verfolgt, die die Polizei verfolgen, dann der Ferrari Thema, der den Schmuckvertreter verfolgt, der die Polizei verfolgt.

Und wenn wir es einfach bleiben lassen und alle nach Hause fahren? sagte der Polizist am Steuer, und der Inspektor zeigte mit ausladender Geste auf die Autos ringsum, *Klar, prima Idee ... und wie sollen wir das machen?*

Aufgrund einer optischen Täuschung, weil ein Abschleppwagen auf der Standspur langsamer fuhr, hatte es irgendwann sogar den Anschein, als würden sie sich alle drei gegenseitig im Rückwärtsgang verfolgen.

Hubschrauber

Mit einemmal bewegt sich die Schlange wieder. Die Autos, die den Motor gleich angelassen haben, setzen sich augenblicklich in Bewegung, als würden sie davongleiten, während es den Anschein hat, als müßten die anderen vor Eile und Verlegenheit rasch noch einmal husten, begleitet vom Knallen der Autotüren, das wie heftiges Niesen klingt. Von hier oben betrachtet, vom Hubschrauber aus, sieht die Autobahn aus wie eine kopf- und schwanzlose Schlange mit einem glänzenden Schuppenkleid; sie reckt und streckt sich, als wäre sie in diesem Moment erst aufgewacht. Der Körper der Schlange ist so kompakt, daß nicht einmal der schwarze Faden des Asphalts unter den bunten Blechschuppen zu erkennen ist.

Im Hubschrauber ist der Motorenlärm so ohrenbetäubend, daß man schreien muß. Der am Steuerknüppel sagt: *Das ist für mich das einzig Wahre. Ich meine, von oben runterzugucken. Jetzt da unten zu sein, das kann ich mir überhaupt nicht mehr vorstellen, im Gegenteil, da bleibt mir sogar hier oben die Luft weg. Aber dieses Schweben, im Himmel, wie ein Engel ... Jedesmal, wenn ich runter muß, ist das wie ein kleiner Tod ... Allein die Vorstellung, wieder zu allem zurück zu müssen, zur Steuererklärung und den Schuhproblemen, mein Jüngster braucht Größe 36, der Mittlere 38, der Älteste schon 41, zurück zu den Schulbüchern und den monatlichen Ratenzahlungen – und statt dessen hier oben: nichts. Weißt du, wann ich das erste und einzige Mal glücklich war, als ich mit dem Hubschrauber landen mußte? Als auf dem Landeplatz der Kaserne dichter Nebel herrschte und es mir vorkam, als würde ich auf einer Wolke landen, genau wie ein Engel. Und einmal habe ich mir kurz überlegt, ob ich den Steuerknüppel nicht einfach nach oben ziehe, statt ihn nach unten zu drücken, einfach um noch höher aufzusteigen, so hoch wie nur irgend möglich.*

Von oben betrachtet sieht die Autobahn aus wie ein schwarzer Fluß mit einem Schwarm winziger Fische in allen möglichen Größen und Formen. Die Sonne wird von den Autodächern reflektiert wie von den Schuppen der Fische, sie leuchtet ultramarinblau, nachtschwarz, flaschengrün, ferrarirot, metallicweiß. Ein Harlekin aus glühendheißem Blech.

Der neben dem Piloten sagt: *Ich denke gern an all die anderen da unten. Da komme ich mir dann ein bißchen wie ein Engel vor. Ich stelle mir gern vor, was sie wohl denken, was sie fühlen, was sie brauchen, und das würde ich ihnen dann liebend gern hinunterwerfen. Weißt du, manchmal, wenn die Sonne so unerbittlich auf die Autos im Stau heruntersticht, dann möchte ich am liebsten mitten am Himmel stehen-*

bleiben, um ihnen eine Weile meinen Schatten zu spenden.

Kaum haben die Autos sich in Bewegung gesetzt, bleiben sie auch schon wieder stehen. Die Bremslichter leuchten rot auf, als würden sie verdutzt mit den Lidern klimpern.

Der am Steuerknüppel sagt: *Wie bist du denn abgestürzt?* Und der andere: *Genau so, als ich auf meinen eigenen Schatten hinunterschaute. Da habe ich die Stromleitungen nicht gesehen und bin reingeflogen. Und du?*

Ich hab's dann wirklich getan, ich hab das Steuer hochgerissen und bin so hoch gestiegen, wie ich konnte, bis zu den Wolken, bis zu den Engeln. Und dann bin auch ich abgestürzt, und da sind wir jetzt, wir zwei.

Der neben dem Piloten guckt runter, auf die Schlange von Autos, die sich soeben mit einem Seufzer erneut in Bewegung setzt. Es scheint, als würde er die Umrisse des Hubschraubers auf den Autos suchen, aber das ist nur eine Täuschung, denn er weiß ganz genau, daß der Hubschrauber, in dem er fliegt, keinen Schatten wirft.

Autosole
31. August

Was ist denn eigentlich los?

Der Mann im blauen Bravo steuert den Wagen auf den wenigen Metern, die ihm zur Verfügung stehen, ein Stück weit nach links, bevor er endgültig hinter dem 2CV zum Stehen kommt. Es sah so aus, als würde sich die Schlange endlich wieder in Bewegung setzen und rasch auflösen, aber statt dessen geht schon wieder nichts mehr, völliger Stillstand. Er lehnt sich weit aus dem Fenster, um zu sehen, was am Anfang der Autoschlange los ist, aber er kann nichts anderes erkennen als Kotflügel, Busrücken, Lastwagenärsche. *Darf man vielleicht mal erfahren, was da vorne los ist?*

Der junge Mann im 2CV, der die Fahrertür geöffnet hat und ausgestiegen ist, reckt sich und streckt die Arme weit von sich. Er sieht den gebräunten, behaarten, goldkettchengeschmückten Unterarm eines Truckers aus dem Seitenfenster eines weißen Scania hängen. *Entschuldigen Sie ... Sehen Sie vielleicht, wieso es nicht weitergeht?*

Der Lastwagenfahrer beugt sich weit hinaus, hält

sich am offenen Fenster fest. Auch von dort oben erkennt er nichts anderes als die drei Reihen bunter Autos, die in der Sonne glänzen, jedenfalls bis zur nächsten Steigung, hinter der die Autobahn verschwindet. Weiter vorn aber entdeckt er einen anderen Lastwagen mit CB-Funk. *El Diablo, hier Macho ... Kannst du sehen, was zum Teufel da vorn los ist?*

El Diablo aber kann ebenfalls nur bis zur nächsten Kurve sehen, wo jedoch Rambo steht, der wiederum bis zum Tunnel sehen kann. Ein Trucker noch weiter vorn hat ihm gesagt, daß er von einem Unfall gehört hat. Isoradio hingegen hat gemeldet, daß das nur die Schlange vor der Zahlstelle ist, und ein Polizist, der auf der Standspur feststeckt, hat gesagt, eine Baustelle, nichts weiter. *Und nun?*

Der Mann steigt aus seinem silbergrauen KA, und seine Frau rutscht rüber auf den Fahrersitz. *Bist du sicher?* fragt sie. *Und wenn es gleich weitergeht?* Aber er winkt ab, ohne sich auch nur umzudrehen. Er geht neben der Leitplanke weiter, der heiße Atem der Auspuffgase der LKWs bläst ihm gegen die Beine. Weiter vorn legt er den Kopf in den Nacken und schirmt mit der Hand die Augen ab, um zu dem Mann auf der Autobahnüberführung hochzusehen. *Hallo, ja, Sie da oben ... Was ist der Grund für den Stau?*

Der Alte in der letzten Reihe des Reisebusses sieht, wie der Mann auf der Autobahnüberführung den Kopf schüttelt. *Darf ich Sie darauf aufmerksam machen, mein Herr, daß die Ursache für den Stau vor*

uns liegt, nicht hinter uns, sagt eine Frau undefinier-
baren Alters, die geschminkt und gekleidet ist, als
wäre sie Miss Italia. *Sie haben völlig recht,* sagt der
Alte und greift nach einem der portionsgerecht ver-
packten Käsestücke, die er im Autogrill geklaut hat,
ich bin es einfach so gewohnt, mich an die Erinnerun-
gen zu halten.

Vorn, weiter vorn, sehr viel weiter vorn, aber immer noch mitten in der sich um keinen Millimeter
vorwärts bewegenden Autoschlange, kratzt sich der
junge Mann an der Tätowierung *Natural Born Killer*
und rutscht ganz vorsichtig auf dem Sitz seines roten
Fiesta zur Seite, um die Blondine, die auf dem Beifahrersitz schläft, nicht zu wecken. Er hat den Eindruck, sie stehen schon eine Ewigkeit im Stau, und
ganz leise, um das Mädchen nicht zu wecken, sucht
er auf dem Rücksitz nach der Zeitung, die er vorhin
auf dem Rastplatz gekauft hat. Und während er noch
denkt: *Was für ein Schwachsinn, diese Aufmacher auf*
der Titelseite, ich kann es kaum erwarten, bis Serra
endlich wieder seine Kolumne schreibt, fällt sein
Blick auf das Datum.

31. August.

Das gibt's doch nicht, denkt der Mann im Mercedes 500 und starrt auf das Datum auf seiner Rolex. Er
sagt: *Osvaldo, Moment mal*, und reißt dem Fahrer
ungeduldig das Ticket für die Autobahngebühr aus
der Hand.

1. August.

Das gibt's doch nicht, denkt der junge Mann im

Panda, *das gibt's doch einfach nicht*, und er steigt auf den Sitz und steckt den Kopf durch das geöffnete Schiebedach, um so weit wie möglich sehen zu können. Der junge Mann neben ihm ist kreidebleich, als wäre er schon tot, und zittert im Einklang mit den Vibrationen des laufenden Motors.

Und was ist, fragt er, *wenn uns das Benzin ausgeht?*

Der andere zieht den Kopf wieder ein, ohne daß es ihm gelungen wäre, das Ende der endlosen Schlange zu sehen, die so lang ist, daß sie sich am Horizont verliert.

Und was ist, fragt er, *wenn das alles nie mehr ein Ende hat?*

Inhalt

Carlo Lucarelli
Der trübe Sommer

Ein Fall für Commissario De Luca. Aus dem Italienischen
von Barbara Krohn. 147 Seiten. Klappenbroschur.

Es ist der Sommer des Jahres 45, und Commissario De Luca
ist unterwegs nach Rom. In einem kleinen Dorf in der Emi-
lia Romagna macht er eine schauerliche Entdeckung – sämt-
liche Familienmitglieder der Guerras liegen erschlagen auf
ihrem Grundstück. Die zum Zerreissen gespannte Atmosphäre zwischen Partisanen und Polizei, zwischen den ab-
wartenden Menschen im Dorf und dem mißtrauisch beäug-
ten Durchreisenden De Luca macht die Lösung des Falles
zu einer gefährlichen Gratwanderung. Und dann findet
De Luca eine grüne Brosche, das entscheidende Beweisstück.

»Lucarellis Schreibkunst erinnert an jene von Simenon: Sie
ist reich an Details und außergewöhnlichen Kniffen, die die
Lektüre zu einem beinahe visuellen Erlebnis macht.«
Messaggero Veneto

Carlo Lucarelli
Der rote Sonntag

Ein Fall für Commissario De Luca. Aus dem Italienischen von Monika Lustig. 200 Seiten. Klappenbroschur.

Commissario De Luca schlägt den Mantelkragen hoch. Ein kühler Wind weht durch das regennasse Bologna. Es ist der April des Jahres 1948. Nervosität und die lähmende Spannung der ersten demokratischen Wahlen liegen über der Stadt, als De Luca sich auf den Weg macht in die Via delle Oche, dem berüchtigten Rotlichtviertel. Dort soll sich der kommunistische Bordellhandlanger Ermes Ricciotti erhängt haben. Die Indizien am Tatort sprechen eine andere Sprache, doch von oberster Stelle werden De Lucas Ermittlungen im Keim erstickt. Bis er der »Tripolina«, der verschlossenen, dunkelhaarigen Bordellbesitzerin, näherkommt. Mit seinem eigenen festen Moralkodex bewegt sich Commissario De Luca in einem Netz aus Lügen, Betrug und politischer Machtgier. Aber auch ihm droht eine dunkle Vergangenheit zum Verhängnis zu werden.

Lakonie, der scharfe Blick fürs Milieu und bestechend vielschichtige Charaktere zeichnen die Romane von Carlo Lucarelli aus – und die ganz besondere Atmosphäre ihrer Zeit.

Andrea Camilleri
Das launische Eiland

Roman. Aus dem Italienischen von Monika Lustig.
156 Seiten. Klappenbroschur.

Wieder einmal herrscht Aufruhr im sizilianischen Vigàta:
Schadenfreudig erwartet das Städtchen den Dampfer Iwan
Tomorow, dessen Ankunft dem unlauteren Schwefelhändler
Barbabianca das Aus bringen soll. Seine falschen Geschäfte
werden auffliegen, und von den Vigatesern ist keine Hilfe
zu erwarten – man hat sich gegen den Dorfpotentaten
verschworen. Jeder im Städtchen scheint eine Rechnung mit
Barbabianca offen zu haben: der Seidenschmuggler Angelino,
der gottlose Padre Imbornone, selbst die Familie des noto-
rischen Schürzenjägers Don Gerlando. Und während in
Barbabiancas Palazzo der taubstumme Sohn der Hausmagd
in der Kunst der Liebe unterwiesen wird, hat die heilige
Jungfrau ein Erbarmen und greift ein in das Drama vor der
Küste Siziliens.
Lustvoll fabuliert Camilleri im Spiel mit den Klischees über
die Eigenheiten seiner Landsleute und entwirft das burleske
Sittengemälde einer nur scheinbar vergangenen Epoche.

PIPER ORIGINAL

Andrea Camilleri
Hahn im Korb

Roman. Aus dem Italienischen von Monika Lustig.
158 Seiten. Klappenbroschur

Sein ganzes Leben lang ist Vito diesem einen Gebot gefolgt:
Am besten ist, nichts zu hören, nichts zu sehen und sich aus
allem rauszuhalten. Sein Leben verläuft ereignislos zwischen
Tagen im Hühnerstall und Abenden in Don Masinos Bar.
Aber dann, als er eines Tages wie immer nach der Arbeit
nach Hause schlendert, werden zwei Schüsse auf ihn abge-
feuert. Sie verfehlen ihn um ein Haar. So sehr der erschüt-
terte Vito in seinem Gedächtnis wühlt, er kann sich beim
besten Willen nicht erinnern, wer es auf ihn abgesehen haben könnte. Daß kurz zuvor auch noch ein toter Schafhirte
hinter seinem Haus aufgefunden wurde, stürzt ihn in völlige
Ratlosigkeit. Für Kommissar Corbo steht fest: Vito muß etwas erfahren haben, das er nicht erfahren durfte. Aber was?
Vito weiß nicht, daß des Rätsels Lösung in seiner Westenta-
sche liegt und daß der Feind ihm gefährlich nah ist. Am Ende sieht Kommissar Corbo das alte Sprichwort bestätigt:
Jedes Verbrechen geschieht aus Eifersucht und hat mit einer
Frau zu tun.

Jakob Hein
Mein erstes T-Shirt

Mit einem Vorwort von Wladimir Kaminer. 152 Seiten.
Klappenbroschur.

Jessica Drechsler zum Beispiel: Was hat sie, das andere
nicht haben? Und wie gelangt man als schmalbrüstiger
Komiker trotzdem in den Besitz des Poesiealbums von
Claudia Ross? Das Leben steckt voller Geheimnisse, und
unser jugendlicher Held Jakob Hein macht sich daran sie
zu lüften: Er schreibt von der unbegreiflichen »Selbstver-
kaufsstelle« und dem unstillbaren Wunsch nach einer E-
Gitarre, die er eigentlich gar nicht spielen kann. Er bietet
jeder Herausforderung in seinem jungen Leben die Stirn,
besäuft sich mit einem Getränk namens »Grüne Wiese«
und stellt sich tapfer den zersägten Schweinehälften im
Fleischkombinat Berlin.
Jakob Hein erzählt die tollsten Geschichten aus seinem
Leben, ungeschminkt, schwärmerisch und gnadenlos
witzig – von der mobilen ostdeutschen Wahlurne bis zu
den intimen Details seiner Jugend wie zum Beispiel dem
ersten T-Shirt, das eigentlich ein Nicki war.